ディンクス・アゲイン

安中 みな

文芸社

ディンクス・アゲイン【DINKS AGAIN】子供が育ちあがって、時間のできたミセスが再び働きだした団塊世代の夫婦のこと。（by Michiko MACHIDA）

ディンクス・アゲイン◉もくじ

○監修・技術協力／今本守泰（株式会社AVA）・米田昌男（株式会社アスペクツ）
○DTP編集デザイン・装幀／渡邉聡司（SOHOUSE）

1　パワー・オン

電話で話していた乾《ケン》課長が、急に皆に聞こえるように大きな声で「今、北沢企画にファックスした人いますか？」と聞いた。

小波《さざなみ》は立ちあがって、パーティション越しに「私です」と答えた。

課長はまた電話口に戻って「はい、わかりました。すぐ送ります。はい、はい、どうも、よろしくお願いします」と言うと、受話器を置いた。

「さざなみさん、またやりましたね」課長は少し苦笑を浮かべているが、それほど呆れてはいないようだ。アルバイトの渡辺くんが、小波のことを名字の川野さんと言わず、「さざなみさん」と名前を呼ぶので今ではフロアのほとんど全員が「さざなみさん」と呼ぶようになっている。

「北沢企画へ白紙のファックスが届いたそうです。番号でうちだと判ったので電話をくれたんですけどね」

「すみませんでした。中村社長に頼まれて見積書を今、送ったんですが」

「裏返しにしてね。何度目ですか。このミスは」

●パーティション
欧米型オフィス・インテリアのひとつ。たいていは個人ごとにクロス張りなどお洒落な区画ボードで作業空間が仕切られている。ここではその仕切りボードそのものを指す。

「2回目です」

「本当に？」課長はちょっと驚いた顔をした。

「はい、初めてここに来た日にファックスを裏返しに送ってしまって、それ以来ずっと気をつけていたんですけど」小波はとなりの渡辺くんのほうをちらりと見た。忙しそうでこちらの会話に加わってこない。

「うっかりミスが出るくらい、さざなみさんも仕事に慣れてきた訳だ。ともかくすぐに今度は原稿を下にして北沢企画まで送ってあげてください」そう言うと乾課長は自分の席にもどって行った。

小波は郵送するために封筒に入れていた見積書を取り出して、ファックス機の所へ行った。トレイの上には、原稿のおもてを下にして送信するようにわかりにくいイラストでの指示がある。それまで使ったことのあるファックスは、伏せるものもあれば、仰向けにするものもあるので、うっかりするとミスするのでずっと気をつけていたのに不思議だ。今日までこんな初歩的なミスはあまり繰り返さなかったのに。

小波が入社以来苦労したのは、ファックスよりむしろコピー機だった。今

●トレイ
お皿のことだが、ここでは原稿を載せるところのこと。

までに使ったことのあるコピー機は重い蓋を開けてそこに原稿を伏せてサイズに合わせてから蓋を閉め、スタートボタンを押せばコピーは何の苦労もなくとれたのに、ここにあるコピー機は、蓋を開けないで数十ページもある原稿を上向けに置くだけでスタートキーを押すのである。

「コピーは上向け、ファックスはお伏せ」とお念仏を唱えるようにつぶやきながらスタートボタンを押さないと、真っ白の紙が機関銃のように吐き出されてくる。

それに、両面コピーのやりかたが難しい、説明イラストの絵が不充分で意味が分からない、何度も失敗しているのを見かねた渡辺くんが実際にやりながら丁寧に教えてくれた。それで両面コピーはなんとかマスターしたのだが、それをソートしてホッチキスで留めようとすると、また失敗してしまう。

だいたいこのソートというものがまずわからない。初めて聞いた意味不明の言葉も覚えられないし、ステイプルソートといった名前がついているらしいが、コピー機からホチキス留めをした書類が出てくることにも驚いた。一度や二度やったくらいでは、どこにホッチキスが止まるのか、皆目予想がつ

●両面コピー
1枚のコピー用紙の表と裏にページ順にコピーをとる方法。職人技を自慢しつつ、トレイの中に一度コピーしたものをひっくり返してセットする必要がなくなった。消耗品の経費にうるさい会社だと必修技能だったりする。

かない。

部長や課長の作成した資料を渡されて、「これに表紙をつけて、1ページ目が右側にくるように両面コピーで6部作ってください」なんて言われた日には、アカシアの雨に打たれていっそこのまま死んでしまいたいと思ったりもする。

それでも先週、時間があるときに余っている裏紙を使って、ホッチキス留めの操作を何度も練習したら、それなりに失敗しない手順を覚える事が出来た。コピー機で練習しようという気になれたあたりで、すでに小波のコピー恐怖症はだいぶ緩和されてきていたともいえるのだが。

思えば働き出した最初の週、コピーがとめどもなく白紙を吐き出し始め、悲鳴に近いものをあげたら、慌ててとんできた渡辺くんが電源を切ってくれて大過を避けることが出来たのだが、電源が切れるときのコピー機の立てた重い音がまるで地方の古い家の屋根裏の梁がきしんだかのように耳に残って、それ以来小波はコピー恐怖症だったのだ。

しかし働き出して5週目に当たる先週、紙詰まりになったとき、点滅した

●ソート
何ページかの書類をコピーする場合、このソート機能を使うと、ページ順に束ねた元原稿をコピーにそのままかけるだけでコピー機が自動的にページごとに部数分を束ね、ホチキス止めまでやってくれる。途中で用紙がつまったりすると普通よりずっと悲しい。

ランプの指示通りに側面を開けて、挟まった紙を取り出しコピー機の復旧に成功して以来、だんだんコピー恐怖症が薄らいできている。

「川野さん、ちょっとすいません」

今度は奥の席から柾《マサ》部長が呼んだ。この柾部長と中村社長だけは「川野さん」と名字で呼ぶ。

「すいませんが、お願いしたいことがありまして。明日どうにかなりませんか。何度も悪いんですが」柾部長の席まで行くと部長は立ちあがって小波の表情をうかがった。

またか、と思いながらも「私は別にかまいませんが」と、特に予定はないのでつい言ってしまう。

月72時間、とりあえず月曜と木曜という約束で働き始めたのだが、仕事の量は多く、先週も金曜日に出勤した。グループインタビューやフィールド調査、セントラルロケーション調査といった調査の実査の後には、スケジュールの限られた急ぎの仕事が山のように派生する。こうした実査は休日か、アフターファイヴの皆が遊んでいる時間に実施することが多いので小波は手伝ったことはないが、月曜日に出社すると、こなしきれないほど仕事がたまっている。そのため、小波にはたとえ自分に予定があったとしても断りにくい雰囲気がある。特に、柾部長に言われた時は、まず断れない。この会社の人はいつ遊んでいるのかなと思うくらいよく仕事をするので、ついついつられて仕事を引き受けてしまう。

小波は正直なところ、会社に来るのは楽しい。家に居ても退屈なだけだし、いろいろ新しいことを憶えるのも嫌いじゃない。それにこの会社にはけっこう若い男性が多いので目の保養にもなる。

それに、小波と前後して梅咲企画という会社がこのオフィスに同居し始め、社長以外にも同世代の人がいることも居心地がよかった。

梅咲さんは数年前に大手の広告代理店から独立して、六本木界隈のマンションの一室を借りてマーケティング会社を始めたのだが、どういういきさつでこうなったのか、「時代の流れ」という言葉以上には語らないので詳しい事情は分からないが、ともかく同居を始めたのである。

梅咲さんは小波よりは2つ3つ年上で、50歳半ばを過ぎているはずなのに青年の面影を持ち、おじさんと呼ぶには失礼な感じがする印象に、小波は初対面の時から憎からず思っていた。

●

この会社の始業は9時半となっているのに、始業時間に出社しているのは小波と梅咲さんと都心部に住んでいる男性社員の淡河《おうが》くんくらいで、夜遅くまでの仕事が続くせいか、10時を過ぎる頃までは全員が揃わない。梅咲さんは徹夜で会社に泊ることも多いが、泊らない日でも朝早く出社している。

始業前の9時過ぎから、けっこうクライアントからの電話や調査員からの電話、当日のスケジュール変更の連絡など、忙しい時は3人が電話にかかりっきりになりメモを各人の机の上に残したりしているうちにあっという間に1時間ほどは過ぎてしまう。

しかし、日によっては電話が全然かかってこない時もある。小波はそんなときは決まって梅咲さんの机の周辺をうろうろしながら会話のきっかけを探

●クライアント
仕事をもらう人が仕事をくれる人のことをこう呼ぶ。たいていの場合、転じて神様のことを意味する。

したりする。梅咲さんもそんな小波の様子を察知して、パソコンの初歩的なことや疑問点に答えてくれる。

梅咲企画が持ち込んだパソコンは3台だった。小波はなんで一人で3台のパソコンが必要なのか不思議でならなかった。「ぼくのパソコンシステム環境は、パソコンの歴史がわかるでしょ。この機械はウィンドウズが出る前に買ったMS—DOS対応のもの、真ん中のこれが初期のウィンドウズ3・10が出た時に買った機械、一番よく使っているのがウィンドウズ95が出た年に買ったオフィス系のソフトが入っているこの機械」と言いながら、かがんで本体の電源を入れたり、机の上のディスプレイの電源を入れたり、机の奥の方に手を伸ばしてモデムの電源を入れたり、袖机のプリンターの電源を入れたりしている。

「パソコンを起ち上げるのに一体何個のスイッチを押しているんですか？ややっこしそうだけどよく間違えませんね」あまりにも初歩的な質問にも嫌がらずに丁寧に答えてくれる。

「フフ。厳密な順番は実は僕にもよく分からんのですよ。ただパソコン本体

●ウィンドウズ
パソコンユーザーが感覚的に扱えるOS（オーエス＝オペレーティング・システム）のはしりとなったソフト『Windows®』。OSとは要するにパソコンにいろいろなソフトを積みこむための基本的な下地を作るソフト。これがないとパソコンは何もできないただの箱。

●MS—DOS
やはりOSの一種でエムエスドスと発音する。ウィンドウズと違い、いちいちパソコンへの命令をキーボードで打ち込まねばならず、パソコン初心者にはちょっときついものだった。

の前に、つながっている機械の電源を先に入れておくというだけでね。切るときは本体が先ですけど」

「スイッチを入れる順序を間違えたらどうなるんですか？」

「間違えたことないからどうなるか分からないけど、やっぱり順序通りやらないといけないんじゃないかな。この4～5年で、ウィンドウズが登場したおかげで画期的にパソコンは使いやすくなっているけどね。この会社の人たちもそれに合わせてメモリを追加したり、ハードディスクを増設したりしているから、人によって電源の入れ方や切り方はそれぞれ違うはずですよ」

「私にはみんな同じようにみえるけど、うっかり触ったりできないですね。でも、何で3台も必要なんですか？」

「新しいソフトは古い機械じゃ動かないし、古いソフトは新しい機械で使えなかったりしてね。私『昔人間』なもんで、昔のソフトを捨てきれんのですわ。でも電気食うからけっこうトラブルの元でね。ここのオフィスは前いたマンションと違って、一応インテリジェントビルだからそんなことないけど、誰かがコピーを使っている時に、クーラーの自動調節のスイッチが作動したり

●ディスプレイ
要するにパソコンのテレビ部分のことだが、テレビとは決して言わない。モニタと言ったりもする。

●メモリ
ハードディスクと違って電源を切ると消えてしまう記憶部品のこと。本体の箱の中にある。

●ハードディスク
パソコンのデータをためておく記憶装置の一種。文字どおり機械の中では金属製の硬い磁気円盤が高速で常に回転している。衝撃に弱いので、手荒に扱うことは避けねばならない。

すると、ブレーカーが落ちてもう一度電源の入れ直し、ってこともしょっちゅう経験したし。電源を点けるのにいちいち手間取っていたら、仕事になりませんよ。特に、打ち込みの途中でブレーカーが落ちて、それまでに打ち込んだ分がすべてパー、なんていうこともしょっちゅうでしたよ」

そんな会話が耳に残る数日後のこと。実査やクライアントの打ち合せや報告会、果ては出張など、スケジュールが重なって夕方の5時を過ぎてもオフィスには誰もいない。小波がここに来るようになってからこんなにみんながオフィスにいない日も珍しい。そろそろ帰り支度をしようと席を立とうとした時、最初の電話がかかってきた。

「さざなみさん、悪いけど打ち合せが長引いて、まだかかりそうなので、このまま直帰します。悪いけどパソコンの電源を切っておいてくれます?」と柾部長。

電話を置くとすぐに今度は乾課長からかかってきた。

「実査の後、クライアントと打ち合せがあるので多分社に戻れません。悪い

●直帰
会社から外回りに出て、直接帰宅すること。「ちょっき」と発音する。日本ではこれが許される会社はまだまだ少ない。

けどみんなのパソコン落としてから帰ってください。分からなかったら梅咲さんに聞いたら分かるはずだから」

「梅咲さんは、午後から関西に出張でお出かけですが」

「さざなみさん、独り？　社長は？」

「社長は夕方からの打ち合せで、本日は帰らないと言われて先ほど出かけられましたが」

「そう、さざなみさん独りか。ともかく、大して変らないはずだから、みんなの分のパソコンの電源を落として戸締まりして帰ってください。プリンターやコピー機の電源も忘れないでください」

小波は、頭の中が真っ白になって受話器を置いた。

この電話にしても操作が難しかった。1から8番までの番号がついていて、電話を受けた後保留にして、内線ボタンを押す。人によって番号が違うので、その番号を間違えずに押して本人を呼び出したり、発信ボタンは3番を使うことなど、やっと間違えずにできるようになったばかりだった。

ウィンドウズは小波が使っている機械と同じなのでなんとかなりそう。ス

●パソコンを落とす
パソコンの電源を切ること。「どこから落とすんですか。壊れてもいいんですか」などと言う人もいるが鼻で笑われる。

タートボタンを開けてウィンドウズの終了をクリックすると、「終了していいですか？」と聞いてくる。そこで「はい」をクリックすると砂時計が出てきて「電源を切る準備が完了しました」と画面一杯に大きな文字が出てくるので、本体についているスイッチを押すと、とりあえず機械はおとなしくなる。しかし、その電源も本体の真ん中についていたり目立たない下についていたり、はたまた本体の奥についていたりで、スイッチを探すのも一苦労。ディスプレイの電源に緑のマークが消えないタイプのものがあり、それはそのスイッチを押すと消えるのでなんとか消し終えることができた。

取りあえずオフィスの中の音はかなり静かになったが、まだ小さな電子音が聞こえてくる。淡河くんが使っているマックという機械だ。マッキントッシュの略でマックというらしいけど、ハンバーガーかチョコレートみたいなふざけた名前だ。ウィンドウズのようにスタートマークにあたるようなものはないか探してみたが、見当たらない。メニューにも、システムの終了という言葉を探すことができなかった。そのとき、梅咲さんから数日前に聞いた話を思い出した。ブレーカーが飛んでもなんとかなるんだから、コンセント

●スタートボタン
ウィンドウズ画面の左下にある小さなボタン。ウィンドウズでは全ての操作がここから行える。

●マック
アメリカのアップル社が開発販売しているコンピュータで、正式にはマッキントッシュという。その名の通りリンゴのロゴマークがついていて、デザイン・音楽系の業界では主流のコンピュータ。世を賑わしたｉＭａｃ（アイマック）が最近一番有名なマックであろう。

を抜いて、また差し込んでおけば大丈夫かもしれない。さっそく淡河くんの机の下に潜り込んだ。机の下は予想以上にたくさんのケーブルが複雑に絡みあい、どのコンセントを抜いたらいいのか迷ったが、ともかく本体から繋がっている一番太い線をたどってコンセントを抜く。やっとのことで電信音は完全になくなった。そして、再度、コンセントを差し込んでおいた。

戸締まりをする頃には汗がにじみ、体中が熱っぽかったが、オフィスを出ると5月の爽やかな風に、思わず歌を口ずさんでしまった。

おおブレネリ、あなたのおうちはどこ？
私のおうちはスイッツランドよ
きれいな湖水のほとりなのよ

妙な達成感を胸に、駅まで足早に歩く小波であった。

●コンセントを抜く　パソコンが不調になってキーボードやマウスの操作をいっさい受けつけなくなった状態を、「フリーズ」というが、フリーズして電源ボタンも付いていないコンピュータが最後に受ける仕打ちがこれ。本当はあまりやってはいけないのだが、初心者は得てして多用する必殺技。

翌朝、淡河くんが小波の来るのを待ち構えていたかのように険しい声で聞いてきた。

「昨日、ぼくのパソコンどうやって電源切った？」

「なんで？」淡河くんの机の下に潜ったことがばれたのかな？　それにしても、そんなことでこんなに怒るなんて。昨夜から今朝まで続いていた歌の気分も吹き飛んでしまう。おお淡河くん、あなたのマシンのスイッチはどこ？

「どうして？」再度小波は問い返した。

「どうしたもこうしたもないでしょ。朝、マックを起ち上げたら電源の切り方に不正があるってアラートが出たんです。一体何をやったわけ？　昨日はさざなみさんが電源切って帰ったんでしょ。乾課長がさざなみさんに頼んでいる電話を横で聞いていたんだから」

小波は終了の仕方を順序立てて決まり通りやらないと、次の起ち上げの時にそんなメッセージが出てくることを初めて知った。

「マックを触ったの初めてだったんで、どうしていいか分からなくって。ちょっと机の下のコンセントを抜いたのよ」

●アラート
パソコンがユーザーに何か文句を言う時画面に出る警告メッセージのこと。

「しょうがないなあ。この下に潜ったわけ?」

「そう」と言いつつも、背の高い淡河くんが小さくなって潜る真似をした格好がおかしかったので、小波は思わず吹き出してしまった。淡河くんもつられて笑い出し、マックの終了の操作を教えてくれた。ウィンドウズのスタートマークに当たるのが『特別』というメニュー表示になっていて、この機械の起動スイッチがキーボードについていることを知ったとき、これでは何時間かけても電源は落とせなかっただろうし、昨日の自分の判断はやっぱり致しかたなかった、と小波はこっそり自分を慰めた。

●特別
マックの場合厳密にはウィンドウズのスタートメニューとは違うが、モニタ画面の左上にあってここから「システム終了」を選ぶと電源を切ることができる。機種によっては周辺機器はその後、個別に電源を切らねばならない。再起動をかける命令もこの「特別」メニューの中にある。

小波のパソコンメモ ①　電源の入れ方と落とし方

※ パソコンの電源を入れるときは電源ボタンを押す

電源ボタンはたいていパソコン本体の右下にある。

丸い　　箱のこと！

電源ボタンには電源ともON/OFFとも書いてない。

電源ボタンは ① や ⏻ みたいな印がついている。

ボタンを強く１秒ほど押すと音がして起動し始める。
１分くらいでウィンドウズの初期画面になって、
動きが止まり、使えるようになる。

デスクトップ（というらしい）

※ 電源の落とし方

電源を切る時は電源ボタンにさわらない。
画面左下の「スタート」と書かれたボタンに
矢印をあててクリックする。

マウスのボタンをカチッと押すこと。
カチカチ何度も押すのはダブルクリックという。

すると上にいくつかのメニューが並んだ目次のようなものが現れるので、その一番下の「ウィンドウズの終了」をクリックする。
そこで現れる小さな画面で「電源を切れる状態にする」に印がついていることを確認して、「OK」をクリックする。
すると自動的に電源が切れる。

自動的に電源が切れないパソコンもあるが、その場合は「電源を切っても大丈夫です」という画面になったら電源ボタンを強く押して、電源を落とす。

キーボードの下の方にあるAltというキーを押しながら、F4のキーを押しても同じ「ウィンドウズの終了」の小さな画面が現れる。
この方がパソコンになれているように見えてかっこいい。
パソコンだと同じことをするにも何通りもやり方がある。ひとつだけ覚えた方が、混乱しなくてよいと乾課長が言っていた。

どこかにリンゴのマークがついているパソコンのこと。

※マックの落とし方は次のページ

2　ファイルとフォルダと『エクセル』と…

「じゃ早速ですけど、フリーアンサーの打ち込み、お願いします」フリーアンサーとはアンケートの自由回答欄のこと。一枚一枚の紙に書かれたアンケート内容を表計算ソフトで一覧にしようというわけだ。柾部長はアンケートの束を小波に渡すと、椅子を引きずって小波の席のところまで来た。

「このQ5の内容を『エクセル』のシートに打ち込んで下さい」初めて見る表計算ソフトの画面には、空っぽの升目がいっぱいに広がっていた。これが「表」というわけだろう。「表計算」ソフトなのに文字を入力するなんて、「計算」はしないのかしら。升目には縦方向にA、B、C、横方向に1、2、3と記号がついている。部長はマウスポインターで指し示しながら説明した。

「A列にサンプルナンバーを連番でつけて……といっても3くらいまで打ったら、このフィルハンドルをドラッグすればいいんですけど。それでB列にQ5の回答を打っていって下さい。きたなくて読めない字があったらその字の数だけアスタリスクマークを、この米印みたいな奴を代わりに打ち込んで

●**エクセル**
マイクロソフト社の主に表計算を行うソフト『Excel』。

●**マウスポインター**
画面にあらわれる左のような矢印のこと。

おいてください」

「B列はこんなに狭いのにこの文章が全部入るんですか」

「とりあえず一人分を1行に打ち込んだ後、B列を選択して黒く反転したところの上にポインターをもってくると、太い十字架マークが細い十字に変るでしょう。その変ったところをダブルクリックすると全ての文字が一列に入るように広がるんです。でもこんなに画面一杯になると見にくいので適当に狭めてB列を選択し、今度は書式を選択して配置を選び、『折り返して全体を表示する』をクリックして閉じると、長い文章はこのように3行に収まるわけです」説明しながらのあっという間の操作に小波は目が回る思いである。

「ウフェー、早すぎてわかんなかったわ…。終わった後は、フロッピーに保存するんでしょうか」

「すぐに慣れますよ、それに一度作れば後はコピーすればいいんだから、あまり頭で考えないで。これは、体で覚えないとどうにもならんのですよ」

「フロッピーに保存するんでしょうか？」と不安げに小波は何度も尋ねた。

「とりあえず、川野さんのパソコンのハードディスクの『マイ・ドキュメン

●ドラッグ
マウスボタンをカチッと1回押すのがクリック。2回ならダブルクリック。ドラッグはボタンを押したままマウスを動かすこと。恋人や配偶者の膝を引っ掻いていると思えばよい。

●アスタリスク
米印みたいな「＊」のこと。

ツ』フォルダにでも保存しておいて、明日の夕方に出来たところまでフロッピーに落として渡してください」

柾部長に渡されたアンケートの束は、多分３００枚以上ある。確かに今から始めても、今日中には終わらない。

小波は家庭で何年もワープロを使っているので、日本語入力には慣れている。『ワード』は、そういうわけでなんていうことなく馴染んだところだが、『エクセル』のように表があるだけのところに文章を打ち込むことに、なかなか適応できない。こんな狭いスペースにどうやって文章を打ち込むことができるのか想像すらつかなかったのだ。それに、ワープロ専用機に比べると、この会社のパソコンに入っているワープロソフトは漢字変換が思った通り出ないので、なんだか使いにくい印象がある。この間も、調査のガイダンスシートを打つのに「養父狂いの調査ガイダンスを死体」となって思わず絶句。「洋服」「類」と分けて打たないと、この機械は使いたい単語も出てこない。

それにしても、フロッピーの保存までいったいどのくらい時間がかかるか読めないので、ちょっと焦っていた。『エクセル』にとりかかって、しばらく

●マイ・ドキュメンツ
ウィンドウズOSをインストールすると標準的にできる「My Documents」フォルダ。普通の設定で何も考えずにファイルを保存すると、ここに入る。初心者がどこにファイルを保存したかわからなくなった時は、ここをのぞいてみるとよい。

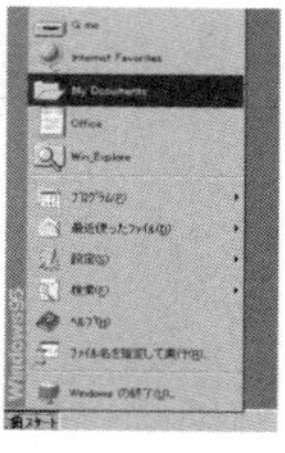

●ワード
マイクロソフト社のワープロ・ソフト『Word』。エクセルとならんでほぼ標準的なソフトとなった感がある。

すると、女性社員の玉置《たまおき》さんが覗き込みながら「いよいよ『エクセル』ですね」と声をかけて通り過ぎていく。ところが、その足で柾部長に、

「川野さんはサンプルナンバーとフリーアンサーしか打ってませんよ。いつも、年代と性別を入れてレポートつくるのに、いいんですか?」と告げ口しているのが聞こえてくる。これ以上、打ち込む内容が増えたらどうしよう。ついつい会話の続きが気になってしまう。

「VLOOKUPを使うから問題ないよ」

「何ですか、それ」

「君にまだ教えていなかったかな。指定条件で検索しながら別配列から値をストアできるんだよ。例えば集計結果のファイルから属性データだけ抜き出してきて『エクセル』に流し込めば、サンプルナンバーをキーにしてフリーアンサーとマージできるわけ」

小波には二人の会話の詳しい内容までは意味不明だが、これ以上、作業が増えないことが確認できたので安心して再び『エクセル』に集中した。

思い返せば、初めてこの会社のパソコンに触ったのは、「このファイルをフ

●漢字変換
ワープロ専用機に対して、パソコンに入っているワープロソフトでは漢字変換を別のFEP（フロントエンドプロセッサ）ないしIM（インプットメソッド）というものに任せてあり、ある程度は自分で言葉を登録していくようになっている。ここで小波の言うようにワープロソフト自体が使いにくいわけではない。

●VLOOKUP
ブイルックアップと読む。ちょっと高度なので、今のところそういう便利なものがあるのだ、くらいに思っておこう。

ロッピーにコピーして郵送してください」と乾課長に言われて住所とフロッピーディスクを渡されたときである。パソコンとコピー機はどうやって繋がっているのだろうか、と本気で思ったものだ。正直になんのことかさっぱり分からない旨を表明したら、パソコンの電源の入れ方と落とし方、それとマウスを使いながらエクスプローラというものを起動して、マウスポインターでファイルを選んで「コピー」のボタンを押し、行き先を選んで「貼付け」のボタンを押すことを教えてくれた。今では「ハードディスクからフロッピーにコピーして落としてください」というような言い方をされても、とりあえずどんなことをすれば良いのかは分かるようになった。ひとつ覚えると、またすぐ今日のように、また別の未知の会話が続くのだが。

乾課長は教え方が上手い、と小波は思う。今、必要なことだけを要領よく説明してくれて、わかりやすい。次のステップに進む時には、必ず前に教えてくれたことを復習してから次のステップに行くので自然に頭に入る。それに比べて隣の席の渡辺くんは、けっこう親切に教えてくれるのだが、知っていることを全部説明してくれるのでかえってわかりにくい。それでも分からな

●エクスプローラ
パソコンの内部を覗くためのツール。文書を開いたり、コピーや移動など、ファイル操作を行うのに便利。初心者はまずこのツールを使いこなすことを覚えたい。

いと、小波のパソコンを占領して「よく見てなさいよ、二度と教えないからちゃんとメモをとるように」といつもやってみせてくれる。言葉で教えるよりも、やりながら説明するので、分かったつもりでも実はすぐに忘れてしまう。渡辺くんの教え方では全然覚えられないので、ついつい、何度も同じことを聞いてしまう。同じことを何度聞いても、娘や息子と違ってやさしい口調で何度でも教えてくれるので助かっているが、実際のところ説明はよく分からない。娘が結婚して家を出るとき、ビデオの録画方法を教えてくれたのだが、結局覚えられなくて、ビデオの上に白いマジックで番号を書いてくれたくらい機械モノの操作を覚えることには弱い小波である。「お母さんは、ビデオすら使えないんだからパソコンなんかには絶対縁がないね。僕のパソコンは絶対さわらないでよ」と、はなから教えようともしなかった息子に比べて、渡辺くんはありがたい存在だ。

乾課長にファイルのコピーを教えてもらった時、小波は初めてマウスというものに触った。これがまた何物なのかさっぱり分からない代物で、まるで、ゴビ砂漠とシベリアのツンドラの中間地点程度には荒涼たる気分に導いてく

●ボタン
アプリケーションソフトでは、頻度の高い命令をクリックすればいいだけのボタンで表わす。その多くはアイコンと呼ばれ、文字だけでなく、簡略化されたイラストがついていて、そこを押すとどうなるかが一目瞭然になっている。

れたのだ。要は画面上の矢印を動かして、そこを押せば（クリックする）いいだけなのだが、小波はなんで銀行のキャッシュディスペンサーのように直接画面を指で押せないのか、不思議でしかも腹立たしい気分だった。

乾課長はあまり簡単なことに苦労している小波を見かねて、手に力を入れすぎないように、また指はマウスのボタンの上に常にのせておいて、マウスは見ないでパソコンの画面だけを見るようにアドバイスしてくれたのだが、その時マウスに持ってきた乾課長の手が小波の手に少し触れて、小波は軽く声をあげそうになった。マウスのせいでゴビ砂漠とシベリアのツンドラの中間地点程度に荒涼としていた小波の気分も、那須高原と北軽井沢の中間地点程度には回復した。乾課長は30をとっくに過ぎているのだが独身だし、特にハンサムではないが人当たりの柔らかい感じのいい青年である。小波は、その時、本気でパソコンを覚えようと思ったのだった。

しかし分からないことは多い。そもそもファイルというものが分からない。というか、ファイルとフォルダの区別がつかない。ほかにもディレクトリ（だったと思う）というものもあるらしい。それでも大抵は問題なく作業でき

●ファイル
いろいろなソフトで作成されたデータのこと。文書のこともあれば図表データであることもある。ファイルはフォルダにふぁいる（入る）もの、と覚えよう。

る。たまに失敗するけど、皆にものすごく迷惑かけるほどではない。ほんのすこしの迷惑はかけているかもしれないけれど。

「さざなみさん、パソコンで仕事してるんですね」

隣の席の渡辺くんが小波の手元を覗きこんで言った。

「仕事に決まってるでしょ。なにしに会社に来てると思ってんの」

さすがに息子より若い渡辺くんに対しては、同じアルバイトという立場もあって気軽な言葉遣いになる。

「おっと、『エクセル』じゃないですか。さざなみさんがソリティア以外のことをやってるのは初めてみましたよ」

ソリティアというのはパソコンに入っているトランプゲームのことだ。カード占いのように何枚もマウスの矢印で選んで左ボタンを押したままの状態で移動しなければならない。「マウスに慣れるのにちょうど良いので昼休みにでも時間があったらやってみてください」と乾課長が言うので、時々やっていた。

昔、ウィンドウズ95がブームだったとき、夫が息子のために買ってきて、

●フォルダ
ファイルを入れるアイコンのこと。ウィンドウズでは通常、黄色い書類入れの絵になっている。

●ディレクトリ
ファイル・フォルダ・データなどの在りか(階層構造)のこと。¥マークなどで仕切られて表される。

そのままほとんど使わないでほったらかしになっている家のパソコンにも同じゲームが入っているので、最近は、夕食後に何回かやってみる。裏になっているカードをちょっと覗いたり、ズルできないのでなかなか上がりのマークは拝めない。1回始めたら上がりのマークを見るまではやりたくなり、気がついたら深夜になってしまうこともあるが、確かにマウスには慣れてきた。

「失礼ね。先週は1日中『ワード』でガイダンスシート打ち込んでいたでしょう」

「あれ、ローマ字入力までしてるじゃないですか」

「当然でしょ。かな入力なんかでチンタラやってたら仕事にならないわよ」

と答えたものの、実を言うと小波は数年前までかな入力だった。父母会の会報誌や会議のお知らせを作るので先生達と入力の話をしている時に、誰かがローマ字入力の方が絶対に楽だから、としつこく言うので、当時かなりの猛練習をしてローマ字入力に切り替えたのだ。

「ローマ字入力の割には1枚に時間がかかりすぎているようですね」

「うるさいわね。初めての『エクセル』なんだからしかたないでしょう。あ

●ローマ字入力
ワープロなどで日本語の文章をキーボードで打つとき、読みをローマ字で打つやり方。たとえば「な」という平仮名を打つ場合、かな入力だと「な」のキーひとつを打つが、ローマ字入力だと「n」のキーを打った後にもうひとつ「a」のキーを打つやり方。

なた仕事終わったの？」

「いえ、今は一休み。ほら、まだこんなにあるんですよ」

と、渡辺くんは自分の机の上にある資料の山を指差した。

小波はさっき柾部長から手渡されたアンケートの束を数えてみた。だいたい２８０枚ある。打ち込むのに1枚2分かかるとして、たまに長い回答もあるから1時間で30枚弱。あと２７０枚ぐらいだから、９時間から10時間ぐらいか。時計をみると5時半まであと1時間もない。今日、残り２５０枚というところまで打ち込んでも、１枚１分半のペースでこなしていかなければ明日の夕方までには終わらない。柾部長は少しぐらい残ってもいいだろうと思っているようだったが、そう思われているなら尚更、全部打ち込んでしまいたかった。小波はまだ少々ダべりたそうにしている渡辺くんをほったらかしにして、入力作業に戻った。

それから気合を入れて、休みなしで打ち込みつづけた。５時10分にはあと２５０枚になった。おおよそ１枚１分半のペース。この調子なら、明日この仕事のみに集中していれば夕方には終わる。４時くらいにはどうにかなりそうである。よし、あと5枚打ち込んだら、今日はおわりにしよう。

残り245枚になったところで、小波は渡辺くんに声をかけた。

「これ、どうやって保存するのかしら?」

「『ワード』と同じですよ」

「それが思い出せないから、聞いているんじゃない」

「メモを取ってないんですか」

「最近は、メモなんてとってないわ。柾部長は頭で覚えないで体で覚えなさい、って口癖のように言うんだもの。料理も同じで、新婚当時にレシピを見て作った料理は未だにレシピを見ないと作れないのと同じかしらね」

「しょうがないなぁ」

渡辺くんは大きな身体をのっそりと動かすと、小波の机までやってきた。

「ここのファイル(F)のメニューに『名前を付けて保存』っていうのがあるじゃないすか。ここですよ」

小波はいわれた場所に矢印を持ってきて、押した。

「それで、このまま保存のボタンを押したら、同じ場所に上書きされてしま

●レシピ
料理方法のこと。料理方法が書いてある本や紙きれのこと。

うので、このボタンでフォルダを切り替えて…」

そら、出た。この際、フォルダとファイルの違いを聞いてやれ、と小波は思った。

「ちょっと待って、フォルダって何？」

「フォルダはフォルダでしょ。ファイルをいれるところ。書類入れですよ」

「書類入れだったら、それこそファイルでしょ」

「それもそうですね、ファイルを入れるところだから書類棚か」

「棚でも書類入れでも、だいたいどうしてコンピュータなのにファイルだったり棚だったりする訳よ」

「それは開発者が少しでもユーザーが理解しやすいように工夫して」

「ぜんぜん理解しやすくないじゃない。それだったら、ファイルやフォルダじゃなくて、初めっから書類や書類入れにすればいいじゃない」

「だってマイクロソフトはアメリカの会社ですよ」

「これは日本語版のウィンドウズでしょ」

「そんなクレームなら、ビル・ゲイツにEメールでも送ってください」

●ユーザー
使用者。この話の中ではたいていパソコンを使う一般の人々のこと。

●クレーム
お客が、製品を作った会社に対してする苦情のこと。

●Eメール
いわゆる紙や郵政省のお世話にならない電子メールのこと。電話回線につながっているコンピュータで出す手紙のことをさすが、最近では携帯電話やPHSから送る文字データのこともEメールと言うようになった。

「ビル・ゲイツって誰よ」

「マイクロソフトの社長サン」

「だいたいEメールってなんなの？　どうやって送るの」

「かんべんしてくださいよ。いつまで経っても保存できないじゃないですか。あのですね。とにかくここの黄色いとこを押して、そうするとひとつ上に行くからここのCドライブをダブルクリックして、そうするとたくさんフォルダが出てくるでしょ。そうするとその中にさっき部長の言ってた『マイ・ドキュメンツ』というフォルダがあるから、ここを選んで保存のボタンを押してください」

「ちょっと待って」小波は渡辺くんからマウスを取り戻して「ここを選んで、それで保存のボタンね」

「そうそう。はい、今ので保存完了」

「保存したものを開くのは、ここだったっけ」

「はい、そのとおり、よくできました」

口の減らない若造だが、部長が『マイ・ドキュメンツ』に保存するように指

●Cドライブ
ファイルやフォルダの在りか、パソコン内部の場所のこと。「：」や「¥」マークなどで仕切って表現する。「東京都：¥港区¥北麻布¥1-2-3¥川野小波」といった具合。ただ、普通はフォルダの別称とでも思っておけば大勢に影響はない。

気になった。

示していたことなんかは聞き逃さないんだな、と小波は妙に感心したような気になった。

「さざなみさん、Eメールのことなんか知りたかったら、ウィンドウズの入門書を買うといいですよ。ほら駅前の本屋なんかでたくさん売ってるでしょ」

「たくさん有りすぎて、どれを買えば良いのかさっぱりわからないじゃない。それに、どれを見ても基礎知識がないと言葉の意味を知るだけでも時間がかかってしまいそうで買う気にならないのよね」

「一番簡単そうなものを選べばいいんすよ。『すぐできるウィンドウズ』とか『サルにもわかるウィンドウズ』とか、どんな簡単なものにも、Eメールのことぐらいは載ってますよ」

どれが一番簡単か見分けがつかないから苦労するんじゃない、だいたい『サルにもわかるウィンドウズ』があるくせに、どうして『おばさんにもわかるウィンドウズ』がないのよ、と小波は思った。

●入門書
いろいろあるが、『サルにもわかるウィンドウズ』は出版社が倒産しており、今は古本屋などで安く手に入れることができる。

5時半すぎに小波はパソコンの電源を落として、周囲の皆に挨拶し、オフィスを出た。

次は夕食の心配をしなくてはならない。最近、夫は仕事で遅くなることもなく、だいたい毎日決まった時間に帰る。

子供の居なくなった夫婦二人の食事では、刺し身か焼き魚に煮物程度ですむのだが、それでも毎日、鮮度の良さそうなものを選び、同じようなものが続かないように工夫をしなくては、二人きりの食卓では会話が弾まない。

小波は実は夕食の買い物より、服を買いに行きたかった。服が無い！　それが勤め始めて小波が強く感じたことのひとつである。服が無いといっても、まったく無いわけではないのだが、いざ会社に行こうとすると、ちょうどいい服がさっぱりないのである。別に桜井よし子や田嶋陽子ばりのキャリアウーマン風に見せたいという気はさらさらないが、それでも持っている服は仕事に行くためにはあまりにも主婦丸出しのラフ過ぎるような服か、優雅な大人の遊び着のような気がした。こういう状況を夫は理解してくれるだろうか。

そもそも配偶者控除の関係で、週2日という社長との約束で働き出した。忙しい時は3日、もしかしたら4日出てもらうかもしれないとも言われていたが、実際は平日は毎日出社する週も多い。勤務時間が多くて月8万円を越えてしまったら、その分は何らかの形で調整しましょう、と先週約束したのは柾部長であるが、具体的な提示はまだない。年末の忙しい時期は毎日出社しなくてはいけないので、その前の月はなるべく休むようにしている、とか、そうそうは休めないので出社しても給料がもらえない、とか嘆く友人達の話をいつも山ほど聞いていたので、この会社も同じかという何か割り切れない思いがふと頭の中をよぎる。

小波はちょっと頭を横に振って、今日のところはその割り切れない思いを無理矢理割り切った。給料はともあれ、こう毎日のように出勤してたのでは、すぐに着るものが底をついてしまうわけだ。当面、一番逼迫しているのは会社に着ていく服。明日は必ずどこかで途中下車して、服を探しに行こう。地下鉄に乗り込みながら、小波は思った。会社のある六本木から、もう20年住んでいるマンションのある自由が丘まで、地下鉄日比谷線と東横線が相互乗り入れしているので、約20分。恵比寿で途中下車しても、若い人向けの店しかないだろうから、服を探しに行くにもまずどこへ行くか、ということから考えなければならない。

●

夕食後、家にあるパソコンで『エクセル』を起動してみた。会社で打ち込んでいた表と似た形のものを作ろうとしてみたのだが、どうも上手くいかない。この調子じゃ、服を買いに行く前に、不本意ながら『サルにもわかるウィンドウズ』を買いに行った方がいいかもしれない。

今日のところは『エクセル』をあきらめて、小波はソリティアを始めた。複雑なゲームではないだけに癖になりやすいのかもしれない。続いてマインスイパーやフリーセルも開けてみたが、ゲームのルールが今ひとつ飲み込めなかったので、今度誰かに教えてもらおうと思い、止めてしまった。

●フリーセル
一人遊びができるトランプゲームの一種。『ソリティア』『マインスイパー』と同じく、ウィンドウズOSを普通にインストールすると、自動的にこのゲームもコンピュータにインストールされる。いらなければ削除することもできる。

小波のパソコンメモ ②　マックの電源の入れ方と落とし方

※ マックの電源の入れ方

電源ボタンではなく、左向き三角形の印 (◁) がついているボタンを0.5秒ほど押すと、たいてい起ち上がる。
最新の iMac なんかは電源ボタン ⏻ だけ押せばよい。

だいたい
キーボード右上の
端にある
パワー・キー
(というらしい)

つないである周辺機器によっては、周辺機器の電源を最初に入れてやって、それからパワー・キーを押す。
周辺機器の電源ボタンがONになっているのに電源が切れている場合は、電源コンセントについているスイッチが切れているか、パワー・キーを押すと自動的に電源が入るようになっていることが多いので、あまりむやみに電源スイッチをいじらない方がいい。

○印がついている方。

最近多くなってきたUSB (ユーエスビー) 接続タイプのものは電源のON／OFFについては神経質になることはないが、SCSI (スカジー) 接続の機器は電源をONにしたまま線を抜いたり差したりすると怒られる。
必ず全部の電源を切ってから抜き差しすること。

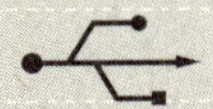
USBの接続
コネクタの印。

SCSIの接続
コネクタの印。

※ マックの電源の落とし方

電源を切る時はやはり電源ボタンにさわらない。
何も出ていない画面を１回クリックすると出る左上端に並んでいるメニューの文字のうち、「特別」というのを選び、その中の「システム終了」を選ぶと自動的に電源が落ちる。本体の電源ランプが消えても電源が切れない周辺機器は、それぞれスイッチを探してOFFにする。

コマンド・キー
(というらしい)
⌘

※ マックの再起動方法

四ツ葉のクローバーマークのついているキーと「control」キーを押しながら、パワー・キーを押す。

3　パソコンのトラブルは仕事のトラブル？

翌日、小波はいつもよりだいぶ早く、9時少し前に出社した。午前中の入力でかなり量を稼いでおかないと心配だったからだ。全部入力するように部長から指示されているわけでもないのに、なぜこんな全部打ち込むことに執着してしまうか自分でもわからなかった。もしかしたらけっこう負けず嫌いな性格なのかもしれないと自分でも思った。今朝は梅咲さんも出張でいないので朝のおしゃべりタイムも省略だし、ともかく10時ごろまでは電話もほとんど鳴らず、10時半には残り170枚というところまで来た。

11時近くになって、玉置さんが大きな声で「時間が足りない！」と焦った声をあげるので「手伝いましょうか？」と小波は声をかけた。報告書の締め切り当日には誰もが助けを求めて大きな声をあげ、社長を含めてゆとりのある人が手伝いに回り、コピーをとったり、請求書を整えたりする光景を何度も目にしてきたので、最近では小波も率先して「手伝いましょうか？」と言うようになっている。

「1時に報告書を届けることになっているんだけど、その後に新しい仕事の企画書も届けなきゃいけないの。なのに、報告書がまだ仕上がらなくって。もう少しなんだけど。さざなみさん、この企画書、コピーを3部とってガチャダマで留めて」

「ガチャダマって？」小波には、咄嗟に息子が小さかったころ、よくスーパーの前のおもちゃ販売機でウルトラマンが出てくるまで何度も百円玉を欲しがった光景が思い浮かんだ。あの販売機がガチャなんとかっていうんじゃなかったか。

「あ、ごめん。これ。ガチャック使って。ホッチキスと違って先方で必要な部数をコピーしてもらうために、ガチャダマで留めておくと届ける部数も少なくてすむので、省資源にも貢献できるし」

玉置さんは机からホッチキス程度の大きさの器具を出すと、企画書と一緒に差し出した。

「3部コピーとって、これで留めれば良いんですね」小波はその器具を手に

●ガチャダマ
左のようなクリップ的金属金具のこと。

●ガチャック
右のガチャダマをこめる機具がこれ。

とって確認した。カチャカチャ音を立てる。思ったより軽い。

「そう、3部作って、左頭を1ヶ所留めてくれればいいから。では、よろしく」

そう言って、玉置さんはパソコンに向き直り、すぐキーボードを叩き始めた。

コピーを3部とったところで小波ははたと気付いた。そして直ちに隣の渡辺くんにガチャックを突きつけながら、「これ、どうやって使うの?」と、聞いた。

いつもは午後から出てくる渡辺くんが、どうした訳か今日は朝から居る。遠くの親戚より近くの他人。困ったときはお互い様。持つべきものは良き隣人なのである。

「これはですね、紙を挟むもので。ほら、こうやって、挟んで留めたい紙を揃えて、ここの口に当てて、このスロットをスライドさせると金具で挟んで留めるようになっているんです」渡辺くんはガチャックを持って、自分の机の上にあった紙を重ねて留めて見せた。

「ちょっと待って。こうやって留めたい所に当てて、ここをスライドさせる

●スロット
みぞに沿って動くボタンのようなもの。これがガチャダマの尻を押していく。

…。留まらないわよ」小波はコピーを1部取って綺麗に揃えると、試してみた。

「だから、この金具が押し出されて留まるわけだから、まずこっちがわを下にして金具が口のところまで来ている状態でやるのがコツなんです」

「こうかしら」

「さざなみさん。よく見ててくださいよ。ほら、こうやって」

渡辺くんは小波からガチャックと書類を取り上げて、やってみせた。パチンと音がしそうなほど綺麗にワニ口クリップのような金具で挟まれている。

「こうやって、金具を下にして」

「そう、そう」

「それで、ここを押す。…どうして上手くいかないの!」

「だから、こうするんですよ」渡辺くんは再び、手本を見せた。

こうして小波が1ヶ所も留めないうちに、コピーが2部完成した。

小波はもう1部コピーを手に取ってやってみた。今度は上手く行った。前と同じようにやっただけである。

「ほら、やれば出来るじゃないですか」

「なんなのよこれ、どうして挟まったり挟まらなかったりするの？」

もう一度やり直そうと原稿を留めようとしたが金具が紙を留めずに落ちてしまった。渡辺くんは落ちた金具を拾って、小波から受け取ったガチャックの後部から補充してくれた。

「今日はこんなことに時間をかけている暇はないの。休んだら、使い方わすれちゃうし」と言いながらも何度も試み、5分近くかけて小波はやっと一人で留めることができた。

「ホントにさざなみさんって、スリルとサスペンスに満ち溢れてますよね。そのへんのホラー映画よりよっぽどハラハラする」渡辺くんが声をかけた。本当に口の減らない奴だ。

玉置さんは、出かける支度をして企画書を取りに来ていたが、渡辺くんとのやり取りをいらいらしながら見ていたような気がして、「ガチャダマなんて初めて使ったもんだから、遅くなってごめんなさい」と言いながら手渡した。

玉置さんは、娘と同じくらいの年格好。普段は言葉はあまり交わさないが、高校時代に娘がいつもいらいらしながらお弁当を待っている時と似たような視線を感じ、思わず言い訳をしてしまったのだ。

そんなわけで、アンケートの入力は残り170枚のところから進んでいない。こんなことで時間を取られるとは思ってもみなかったので、ついイライラしてしまい、作業はなかなかはかどらない。梅咲さんの出張中はあまり話し相手がいないので、食事はそこそこにして、コーヒーを飲みながら、1時になる前には入力作業を再開した。

午後は時々電話を取り次ぐくらいで作業は順調に進んだ。3時ごろには残り50枚というところまで来た。入力速度が上がっている。さすがに昨日から打ち続けているので、タイピングが少し進歩したらしい。

そこまで来て、小波は開いている文書のウィンドウの枠をちょっと見やすいように移動しようとして、間違えて右上のバツ印を押してしまい、アプリケーション自体を閉じかけてしまった。すぐに目の前に横長の小さな画面でメッセージが現れた。

「『アンケート．xｌｓ』は変更されています。保存しますか？」

●タイピング
キーボードで文字やデータを打ち込む作業のこと。最近はこのタイピングを訓練するためのソフトまで売っている。

●アプリケーション
プログラムやソフトのこと。『ワード』も『エクセル』もアプリケーションソフトの一種である。『アプリ』と略して言ったりもする。

選択肢は三つ。

はい（Y）、いいえ（N）、キャンセル

この中からボタンを選ばなければならない。

こんな場合は取りあえず、「はい（Y）」を選ぶように教わったような気がする。が、自信がない。確か、「いいえ（N）」を押すと今まで打ち込んだ分が全部消えてしまうはずだったけど。それとも「キャンセル」を押すと消えるのだったか。

「渡辺くーん」ともかく、遠くの親戚より近くの他人。

「どうしたんですか」

渡辺くんは慌てて飛んできた。

「これ、はいを押せばいいんだよね？」

「保存すれば、いいんですか？」

「今まで打ち込んだ分が消えないようにして」

「それだったら、このままじゃ上書き保存されるから、別名で保存した方がいいですよ」

「とにかく、無くなってしまわなければいいの」

「だから、元の状態は、それはそれで保存しておいて、新たに打ち込んだものは、別の名前で保存したほうがいいですよ」

「わからないヒトね。そんなややこしい話をしているんじゃなくて、打ち込んだデータがなくならないようにして欲しいのよ」

「だから、ここでキャンセルを押して、ファイル（F）のところの『名前をつけて保存』を選んで、たとえば『アンケート』なら『アンケート2』っていう名前に変えて保存した方が確かじゃないですか」渡辺くんは実際にマウスを操作しながら説明した。

「ほら、打ち込む前と打ち込んだ後の状態が2つとも保存されてて、確実でしょ」渡辺くんはエクスプローラで『マイ・ドキュメンツ』を開けて見せて言った。

「どこが確実なの。話がどんどんややこしくなるだけじゃない」どうして『はい』か『いいえ』の二者選択だけで簡単に話が終わらないのか。

「だって、これだったらそうでもないですけど、見積書なんかだったら、変

●ややこしい話
作業をしていて、最後に保存したところまでのファイルと、現在作業をしているファイルとは、既に同じファイルであって同じファイルではない、ということを意識すれば、別にややこしい話ではない。作業中のファイルというものは常に変更中なわけである。

更前の金額も残しておかないと、あとでいくらぐらい金額を変えたか分からなくなっちゃうでしょ」

「そんなものかしら」

「そんなものですよ！」

「でもこれは見積書じゃないわよ」

「それはわかってますよ。見積書ってのは喩《たと》えです。コンピュータの世界では、とにかく最悪の事態に備えて、確実な作業習慣でもってすべてを処理するのがいいんです。そういうクセをつけといた方がいいんですよ」

「そう」

小波は釈然としない。まあ、この問題はあとで考えるとして、とにかく続きを打ち込まなければ。

「で、これを開いて続きを入力すればいいわけ」

「あっ、違います、こっちですよ、『アンケート2』」

小波は『アンケート2』をダブルクリックして開くと、最下行までページダウンして続きを始めた。

●ページダウン
コンピュータの画面に表示できるページ面積は限られる。そのため、キーボードやマウス操作でそのページをめくっていく操作をするわけだが、多くの場合、デ
ータは紙のページとはいっても連続した画面であり、たちまち最後のページまで移動してしまう。

それが起こったのはそれから1時間ほど経ち、小波の仕事があと10枚ぐらいになったときである。突然、なんの前触れもなく、小波のパソコンのディスプレーが見たこともない青い画面になった。『アプリケーションの応答がありません…なんたらかんたら…』という長いメッセージが現れている。小波は思わず立ち上がった。どうやらけっこう大きな声を出したらしく、フロア全員がこっちの方を見ている。ちょうど、近くのコーヒーメーカーのところにいた柾部長がすかさずやって来て、画面を見ると、大きく両手を拡げ、周囲の皆を制した。

「そのまま、そのまま。全員そのままで、キーボードに触れないように」

キーボードに触れることができる位置にいるのは小波と渡辺くんだけなので、少々大袈裟だといえる。それから、部長はエンターキーを押した。画面に変化はない。乾課長が心配そうにパーティションごしにこちらを見ている。

●エンターキー
「enter」と書いてあるキー。指示画面や選択画面では「決定」とか「それでOK」の指示を出す。

「このパソコン、古いのに無理してウィンドウズ載せてるから、すぐメモリ不足になるんだ」柾部長が小波に向かって言った。小波はなんのことか分からなかったが、部長が小波のミスではないと言ってくれていることだけは推測できた。

ゆっくりと部長は、右手で下の方のキーを押しながら左手でｅｓｃと書かれたキーを押した。何も起こらない。もう一度同じ動作を繰り返すと、見なれたデスクトップの画面に戻った。

「うーん、『エクセル』が閉じているなあ」部長はひとり言を言いながら、『エクセル』を起ち上げた。

「最後に保存したのはいつですか」と小波に訊く。

「1時間ぐらい前です」渡辺くんが代わりに答えた。

「それじゃ、最悪でも朝からの打ち込みがぶっ飛んでいる心配はないわけだ」

「そうですね」と、渡辺くん。

部長が『エクセル』のファイル（F）の履歴を見ていると、渡辺くんがファイル名を指差した。

●メモリ不足

メモリはコンピュータの箱の中にある、記憶装置だが、この容量が少ないと、最近のウィンドウズOSのように大きなメモリ容量を必要とするプログラムを安定して動作させることができなくなる。昔は黒電話を乗せる台は小さいもので良かったが、最近のファックス付きの電話ではもう乗らない。時がたてばたつほど、機械（ハード）とその機械に載るプログラム（ソフト）というものはどんどん大きくなっていくものである。

「それです。『アンケート2』」

部長がそこをクリックするとファイルが開いた。

「これですか」部長はデータを最下行までスクロールしながら、小波に訊いた。

「ええ、230行目だから、1時間前ぐらいに打ち込んでいたところです」

「あーあ、1時間分の入力が消えちゃいましたね」と、渡辺くん。「まあ、1日分が消えたわけじゃないから」

小波は思わず脚の力が抜けて、机の端に置いていた手で体重を支えた。一瞬にして1時間分の仕事が消えてしまったということが、とても信じられない思いだった。紙に書いていればよほどのことがない限りそれが無くなるなんてことはない。コンピュータというものは万能の機械ではなく、うちにあるビデオや車並みに故障する単なる機械と同じ。みんなはよくこんな頼り無い機械に仕事を任せられるものだ。

「すみませんね、川野さん。この機械は古いものだから、時々、5分に一度くらいこの上書き保存を押しながら打ち込んでくれますか」部長は小波に椅

●esc
エスケープ・キーといって、押すと何かが終わることが多い。

●ぶっ飛んでいる
データなどが台無しになり、なくなって残念だ、という意味。ハードディスクとかマシンに対して使われると、それはつまり壊れてしまった、という意味になる。

●スクロール
前出、「ページダウン」とほぼ同義。めくっていくこと。

子を返しながら言った。

やりきれない思いで何事もなかったかのように開いているエクセルの画面に向かって大きくため息をふきつけると、小波は気を取りなおして231行目に一度打った憶えのある文字を叩き入れ始めた。梅咲さんがいつだったか、打ち込みの途中で電気のブレーカーが落ちてそれまで打っていたところがすべてパーになった、という話を笑ってしていたことを思い出す。こんなことがしょっちゅうあるなんてとんでもない気がするのだけれど、それをものともしなくなる逞しさが自分にもいつかは身につくのだろうか。

●

一度打った文字列は能率よく打ち込めるのか、集中してやっていたら1時間も経たないうちに、アンケートの入力作業は完了した。小波は『エクセル』を閉じるとエクスプローラを開いて、『マイ・ドキュメンツ』の『アンケート2』をフロッピーにコピーした。部長と顔を合わせるのが何か気恥ずかしい

●5分に一度…
コンピュータで仕事をしていると、ついつい集中して保存を忘れてしまいがちだが、この部長のアドバイスはぜひ習慣として身につけたい。

ので、席を外している隙を見計らって机の上にそっと置いた。

まだ、5時半まで少しある。書類の整理をしてから、ガチャダマの練習をもう一度しておこうと思っていると、いきなり梅咲さんが小波の机を覗き込んで、声をかけてきた。

「今日はまだ帰らないの？」

「出張から、今お帰りですか？　直接ご自宅に帰られるんではなかったんですか？」

「予定より早い新幹線に乗れたんで、書類も重いし一度オフィスに帰る時間が取れたんで寄ったんだけど。これから仕事をする気にもなれないし、食事でもどう？」

小波は、そそくさと帰り支度をして、さんざん世話になった渡辺くんに、ついついはずんだ声でいとまを告げる。

「お先に失礼します、渡辺くん、仕事頑張ってね」

オフィスの階段を駆け降りると梅咲さんは50メートルほど先をゆっくり歩いていたので、すぐに追いついた。

「どこへ行くんですか?」と尋ねると、「どこがいい?」と逆に尋ねられた。

六本木界隈は、目移りするほどオシャレなレストランや、どっしり構えた割烹風の店、麻布十番まで足を運ぶと、これまた味のある店並みが続く。昼食では何度か利用したことがある店も、夜になるとネオンが輝き、昼の趣とは一変してどこもかしこも一度は入ってみたい衝動にかられる。

「あんまり騒々しいところは避けましょう。最近できたイタリアンレストランも昼はいいけど、夜は若い人でいっぱいなので避けた方がいいかな」梅咲さんは、しばらく駅の方に歩き、馴れた手つきで和風割烹風の店のドアを開ける。

「まいど!」という威勢のいい声がかかる。6時前後という時間のせいか、客はまだまばら。どうやら梅咲さんはいつもの席があるらしく、迷うことなく小上がりの手前の奥の席についた。

「今日は珍しいですね。デートですか?」ママさんがおしぼりとグラスを運びながら梅咲さんをからかうように声をかけてくる。

「仕事仲間ですよ」照れながら小波をママさんに紹介してくれる。

「いつものを、とりあえずお願い」とママさんにたたみかけると同時に、小波に向かって、「徹夜する時、麻布の十番温泉の帰りに夕食はいつもここでお願いしているんで…。いつも独りで来るからね」と言い訳じみたことを言う。まずは、運ばれてきたビールで乾杯である。

「梅咲さんが出張に行かれた日の夜、わたし、大変だったんですよ」と、会社のパソコンの電源を全部切ったことや、翌朝の淡河くんとのやり取り、1日の締めくくりとして打ち込みやり直しまでしたことを、堰《せき》を切ったように報告した。

「でもよく、全部のパソコン消せたじゃないの。今度から安心して、ぼくも出先からさざなみさんに頼めるね。打ち込みが無駄になったのは気の毒だったけど、コンピュータのデータなんて所詮納品するまでは単なる磁気で、実体の無いものなんだから、十分注意して保管してやって、初めて仕事になるんじゃないかな」小波は笑いながらの梅咲さんの言葉を聞いて、やっと溜飲が下がる思いがする。

「それにしても、若い人は会社にいる人はみんな、自分と同じようにパソコンが使えて当り前と思っているんでしょうかね」

「オフィス機器というものは消費財と違って、ユーザーの機能性に対するニーズには応えてはくれるものの、使い勝手にまでは気が回っていないから、ユーザーが使いこなすように慣れないとね。パソコンはその典型例かな」梅咲さんは小波にビールを注ぎながらなだめるように言った。

「バブルが弾ける前までは、どこの会社でも、コピーを取ったりワープロを打ったりするオフィス機器を使いこなす秘書のような存在の若い女性がいて、コピーもワープロもできる人のことをコピーライター、なんて呼んだりしてね。40代、50代の人はオフィス機器なんて自分で使うことを考えなくてもよかった時代だったんだよね」

ここのお魚おいしいでしょ、と更に焼き魚を追加した後、話は続いた。

「ここにきて、やれリストラだ、経費節減だで、オフィス機器からパソコンまですべて使いこなさないと仕事にならない時代になっちゃって、機械に弱い、なんて甘えていられなくなっちゃったんですよ。リストラの対象はまずそうした人から始まっているしね」小波のグラスにビールを注ぎながら更に会話

●コピーライター
普通は広告などの宣伝文を書くことを職業にする人のこと。念のため。

は続く。久しぶりのビールで小波はすっかり気分が良くなってしまった。

「広告代理店にいたころは、当時の40代の上司は、自分でコーヒー沸かして飲むなんていうこともしなかったし。タバコだって自分で買いに行ったことなかったんじゃないかな。そうした雑用の中に、コピーとったりすることも含まれていた時代が長く続いたんだよなあ。タイピストという職業が花形の時代もあったのにね。ついこの間までワープロ要員を派遣で頼んだりしていたのが、嘘のような時代だな。今では若い人は初めからなんでも自分でやるように教育されているでしょう」

「中村社長も自分でやっているんですか？」

「基本的にはなんでもこなしているはずですよ。でも、この間、深夜に、プリンターのトナーに交換マークが出ていたんだけど、トナー取り替えるのはかったるい、ってしきりに愚痴るんですね。『トナーは取り出して3、4回振ると警告マークが消えて何度か使えますよ』と教えてあげたら、その日は何度も取り出して一生懸命振っては使っていたね。きっと、翌朝、乾課長か渡辺くんあたりが交換したんじゃないかなあ」この話に二人とも大笑いをして、和やか

●トナー
コピーやプリンターにも万年筆のインクにあたるものがあるが、それがトナー。黒い粉で、この粉が筒に入っていて筒ごと交換するようになっている。梅咲さんのアドバイスはトナーを最後まで使いきることになり、とりあえずプリントを続けるためにも知っておかねばならないことだが、筒を振る際この粉が飛び散って衣服に付くと始末が悪いので、ご用心。

にこの日はお開きとなった。こうして仕事帰りにお酒を飲んでみると、男連中の妙な仲間意識みたいなものが、少しはわかるような気がしてくる小波だった。

小波のパソコンメモ ③　マウスとカーソル

※ ワープロ文書の作り方

ただ単に文章(テキスト)を打つだけなら、ワープロソフトでなくてもよい。

パソコンで文書をつくるときは
ワープロソフトのアイコンをダブルクリックして
ワープロソフトを起動させて(起ち上げて)から使う。

ほとんどのソフトはダブルクリックで起動。

※ マウス

2ボタンマウス

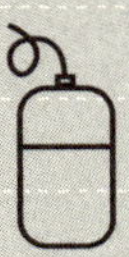

マックは
1ボタンマウス

マウスを動かすとそれにつれて画面上の矢印も動く。
マウスを見ないで画面を見ながら動かすのがコツ。
マウスがパッドから飛び出しかけたら一度浮かせて
動かしやすい場所にマウスを降ろせばいい。
画面上の矢印はマウスをパッドに降ろすまで動かない。
マウスには左右ふたつのボタンが付いていて
主に左ばかり使う。
マックのマウスはボタンがひとつしかないが、
これは２ボタンマウスの左ボタンだけが
あると思えばよい。

1回だけ押すこと

左ボタンをカチッと押すことをクリックと言い、
カチカチと押すことをダブルクリックと言う。
右ボタンを押すことを右クリックと言う。

すばやく
2回押すこと

渡辺くんによるとゲームをやっていてエイリアンが
侵入してくると、右クリックしなければならなくなる
らしい。

文字の入力位置を示す縦の線

※ カーソル

ワープロと同じように、キーボードの矢印のキーを
使ってカーソルを動かすことが出来る。
パソコンでは、マウスで矢印を入力したい位置に
もってきて、矢印がＩの形に変わった状態で
クリックしてもカーソルを移動することが出来る。

4　リダイヤルとリスタート

ファックスがリダイヤルを繰り返しているのに気付いた乾課長が、小波に声を掛けてきた。

「さざなみさん、さっきからリダイヤルを繰り返していて、なかなかファックスが届かないようですよ」

「あ、はい」

小波は机の上に置いてあった、送付先の部長の名刺のコピーを持ってファックス機までやって来た。横長の小さな液晶ディスプレイに表示されている番号と名刺コピーの電話番号を見比べて「間違ってないです」と言った途端にとんでもないミスに気付いて、すぐ停止のボタンを押した。

「すみません！　ファックス番号じゃなくて電話番号に送ってました」

「まあ、5分も経ってないから、そんな大した騒ぎにはなってないでしょう」

課長は名刺コピーを受け取って言った。「太陽企画ですか、あそこの鍋島さんはよく知っているから、一応お詫びの電話を入れておきますよ」

●リダイヤル
次頁に書いてあるように、ファックス機にはたいてい一度電話をかけて話し中だと、時間をおいて何度か電話を自動的にかけなおす設定ができるようになっている。設定によってはファックスが送れるまで延々と電話をかけ続けることになる。

「本当にすみませんでした」

「大丈夫ですよ、あそこの人たちはそんなに怖くないから」

小波は一字一字確かめながら打ち込み、名刺コピーのファックス番号とファックス機のディスプレイに表示された番号を何度も見比べてから送信のボタンを押した。

2分の間には少なくとも10回以上は受話器を取っているはずだ。10回以上も無言電話ならぬ「ぴーぴー電話」を取る。小波だったら電話機を床に叩きつけているところだ。

このファックス機は2分間連続でコールし、かからないと2分間待機したコールし始める、ストップキーを押さないとかなり長い間コールし続けるようである。そうした機能があることを小波は今回初めて知った。

もっともこの手のミスは他のメンバーもよくやるらしい。それで、ファックス機の近くに席のある乾課長は気をつけてみているようだ。それに、たまにだけど、ここにも同じようなぴーぴー電話がかかってくることもあるらしく、あまりお咎めのないのが幸いだった。

●ぴーぴー電話
ファックス信号は普通の電話音声で聞くとかん高い音で断続的に鳴るのである。

今度はファックス機もリダイヤルすることはなく、無事ディスプレイに送信完了と表示された。これで一安心。

そのとき乾課長が穏やかに笑いながら受話器を置いた。もうお詫びの電話が済んだようである。若いのに落ち着いたものだ。小波はちょっと嫉妬のようなものを感じた。私なんかここで仕事を始めて2ヶ月になり職場の雰囲気にもすっかり慣れてきたのに、毎日のように一回ぐらいは必ず今みたいなどうしようもないようなミスをする。まあ、こんなところでぼんやりしている訳にはいかない。小波は急いで書類を送信済みの箱に入れると、やりかけの仕事に戻った。

●

昼休みになった。他の社員の人は昼休みに近くの店で食事を取るのだが、オフィスが空っぽになるのを避けるために、日ごろ使ってない会議室で家から持ってきた弁当を食するようにしている。だいたい小波の食べる量はほとんど無いに等しい。おにぎり1個分のお米とそれとほぼ同じ量の2、3品のおかず。渡辺くんなら一口で終わりだ。

会社に来る月曜と木曜、弁当を用意していると、ある朝夫が自分の分も作って欲しいと頼んできた。聞くと、やはり会社近くの店では量が多すぎると感じる時が珍しくないと言う。そんな訳で、最近は夫も月曜木曜は弁当持参で会社に行っている。代わりといっては変だが、仕事が忙しくない限り、小波の会社がある日は夫が夕食の用意をするようになってきている。手先が器用な割には趣味らしいものがあまりない夫は、料理を楽しみにしている風でもある。

7月になってから、小波は弁当仲間を得た。新しく来たアルバイトの元木さんという女子大生である。彼女も弁当を持って会社に来ている。さすがに小波のほど小さくはない。この辺りには女子学生の喜びそうなおしゃれな店もたくさんあるのに、あまり興味がないらしい。ちょっと感心してしまう。

そういえば先週食事のとき、「就職がきまっているのだったら、夏休みには海外旅行にいくんじゃないの？」と訊いたら、「航空券が安くなる11月にいくつもりです」と答えていた。しっかりしている。うちの娘なんか大学を卒業した年には夏冬2回も海外旅行に行ったと、小波は思い返した。夏は貯めた小遣いで確かアメリカ西海岸に行ったが、冬は初めてのボーナスが出たら返すと言って、小波から30万円も借りてイタリアに行ったはずである。あの頃はまだバブルだったから、世の中全体がそんなムードだったし、娘も簡単に就職が決まった。ボーナスだって最初のうちはけっこう出ていたはずだが、未だにあの30万円を返してもらっていない。

弁当箱を持って会議室に向かいながらそんなことを考えていたら、ふと数年前に掛かってきた、働き出したばかりの息子の電話を思い出した。

「もしもし、あのさあ、高校の卒業旅行のとき、3万円出してくれるといったの、僕、遠慮してもらわなかったよね。あの3万円、悪いけどさ、ちょっと貸してくれる?」

「いいけど、いつまでに?」

「いいの? いつもの口座に明日までに振り込んでおいてね」

「わかった。それで、元気な~の?」『な~の』の途中で電話は切れてしまう。

いらないと言ったお金を憶えていたり、借りたお金を忘れてしまったり、私のような甘い母親じゃなきゃ、姉も弟もやって行けなかっただろう。

「さっき、社長から直接うかがったんですけど、川野さんって社長のお友達なんですって」

今日さきに口を開いたのは元木さんである。

「意外だった？　同じ歳には見えないでしょ」何と答えるか興味があって、小波は訊いてみた。

「う〜ん、年齢は同じくらいな感じですが、雰囲気はだいぶ違いますよね。同じ大学って感じじゃない」

「でも、同じ大学なのよ。20年も会ってなかったから友達って訳じゃないけど、同窓生であることは確かね。久しぶりに同窓会で会って、中村社長がうちは猫の手でもおばさんの手でも借りたくなるほど忙しいことがあるから、時々手伝ってって」

「川野さん、ちゃんと仕事できるじゃないですか。『エクセル』も使えるし」

無理せず話を合わせて、一応お世辞まで言ってくれる。小波は少し意外だった。今時の大学生にしては珍しくほとんどノーメイクなので、偏屈な女の子なのかと思っていた。でもこれなら、どんな気の小さい仲人でも披露宴で安心して「明るくて近代的なお嬢さんです」と紹介できる。

「『エクセル』は乾課長が使っていたフォームに入力しているだけだから、使いこなしている訳じゃないのよ」

「ちゃんと開いてちゃんと保存してフロッピーに落としたりできれば、ちゃんと使えているってことですよ。それが出来なくて苦労している人もいるんですから」

そのちゃんと開いて保存してっていうのが、ついこの間まで出来なかった人がここにもひとり居ます。

「元木さん、どこの大学？」

元木さんは近くにある私立大学の名前を口にした。

そういえば数週間前、雑誌に募集広告を載せる手間と費用を惜しんだ柾部長がパソコンを駆使して徹夜で作ったアルバイト募集のちらし（自信作！）を、中村社長が近所の大学の就職課に友達が勤めているとかで配りに行ったのだった。最初に電話をくれたのが元木さんだと誰か言っていた。

「どの学部なの、文学部?」

「金融情報科です。経済学部」

「じゃ、就職先は銀行?」

さすがに元木さんも苦笑した。

「いまどき、銀行は無理ですよ。一応試したことは試したんですが」

「じゃ、どんなところになったの」

「コンピュータシステム関連です」と、元木さんは小波でも聞いたことのある大メーカーの系列であることがはっきりしている会社名を挙げた。

「すごいじゃない。今は氷河期とか言って大変なんでしょ」

「はい、特に4年制の女子は悲惨ですね。私の場合は五百通以上Eメールを出して反応があったのは10社程度でしたから」

「Eメールってパソコンで手紙を送るやつでしょ」数日前に渡辺くんに入門書を買って覚えたら、と言われた小波は会社にある入門書を見てそのくらいは勉強したのである。

「はい、あれで履歴書と志望動機を書いた手紙を五百社以上に出しました」

「五百も志望動機の手紙を書いたの？」

「いえ、同じ内容のEメールを業種ごとに50社ずつぐらい、10回以上。一度Eメールを作ったら送付先さえ調べておけば、何社でも一度に送れるので」

「へえ、すごいのね」なにがすごいのか、感心している本人も判然としないという状況ではあるが。「ねえ、あなた家にパソコン持ってるの」

「結局買いました。去年の秋に就職活動始めたころは、大学のパソコンを使っていたんですが、冬頃には混み出して長い時間並ばないと使えなくなったので、結局2月に買いました」

「去年の秋から就職活動してたの！　それでいつ決まったの」

「内定もらったのは先月末です。情報処理2種を持ってたから引っかかったんで、もし資格がなかったらまだ就職活動中だったと思います」

「資格？　情報処理2種？」

「うちの大学はゼミが盛んなんですけど、去年「システム論特別講義」っていうのを受けていたんですが、教授がこの特講を受けていれば情報処理2種

●すごいのね　同報送信といって、Eメールを送る設定時に送り先にかたっぱしから企業の公開受付アドレスを打ち込んでおけば、同じ内容の応募メールを簡単に多数の企業に送りつけることができるわけである。だから、そんなにすごいわけではない。また、メールの上部に送り先の一覧が出たりするので、いくつもの会社に同じメールを送っていることがばればれである。就職応募のメールで同報送信を使うのはちょっと考えものかもしれない。

程度の実力はつく、って豪語するので、試しに試験受けてみたらホントに合格したんです。あれはラッキーでした」

「でも、経済学部なんでしょ、文系じゃない」

「もう、21世紀になるので、いつまでも文系理系なんて20世紀的なことは言っていられないです。っていうのはゼミの先輩の受け売りですけど」

あ、このコ、好きな人がいるんだ。と唐突に小波は思った。もしかしたら彼氏とか彼女とか今の若い人だから夫婦同然の関係なのかもしれないが、でもなんとなく好きな人って感じがする。

「そのゼミの先輩もコンピュータ関連で働いているの」

「いえ、都市銀行です」

「優秀なのね」

「今は銀行ってだけで、皆から大丈夫かって心配されるってボヤいていましたよ。入行したとたん合併騒ぎですし」

「そんなものなのかしら」

「何にしろ、楽じゃないですよね」

●情報処理2種
第2種情報処理技術者の資格のこと。近年注目されてきたコンピュータによる情報処理技術にかかる資格試験。

「夕方から通っている専門学校もコンピュータ関係なの？」

「会社に勤め出したら、拘束時間が長そうだから、今のうちに少しC言語の勉強しておこうかと思って」

「C言語って？」

「プログラム言語の一種です」

「ああ、あの0や1がたくさん並んでいる」いつか渡辺くんがそんな話をしていた。

「あれもコンピュータ言語ですけど、機械語で、私がやっているのは英語の単語が並んでいるような感じのプログラムを書くための言語です」

「C言語があるってことは、A言語やB言語もあるの？」

「たぶんAやBはないと思います。C言語はUNIXっていう広く使われているシステムをプログラムするために開発された汎用性が高い言語で、私が働く予定の部署では直接必要ないんですが、一応基本的なことは勉強しておいた方がいいかなと思って」

内定をもらって一安心というところなのに、もう勉強を始めている。なん

●C言語
元木さんが説明しているが、機種の異なるパソコン間で共通して幅広く移植できるプログラム言語。今日では主にアプリケーション・ソフトを作るための代表的な文法となっている。

●AやBはない
一応B言語というのは存在するが、一般的ではない。

●UNIX
OSの一種であるが、個人や家庭向けのパソコンではなく、多くは企業などの業務用コンピュータなどで使用される。

か、今までの普通の日本人の女の子とはちょっと違うような気がしてならない。

弁当を食べ終わった元木さんはコーヒーを取りに立った。この会社ではいつもコーヒーメーカーでコーヒーが沸いている。小波が来る朝は小波がコーヒーのセットをしているが、あとは皆が好き勝手に飲んだり、足りなくなったその時に飲みたい人がセットしていて、社長も部長も自分で取りに行く。でも、元木さんはこんな時、小波の分も持ってきてくれる。

座っている時は気付かないが立ちあがると脚が長い。全体にすっと締まった感じがして柳腰というのだろうか、腰がほっそりしている。

最近の若いコは皆こんなにしっかりしているのだろうか。情報処理2種の上にお尻の形までいいなんて。まあ、小股の切れあがったいい女なんて言葉は江戸時代からあったわけだから、彼女みたいなタイプも昔からいたんだと思うけど。

それにしても、最近の女の子が皆こんなにしっかりしていたら、うちの息子なんてまったく太刀打ちできない。いつまで経っても結婚話が持ちあがらないのも頷けるような気がすると妙に小波は納得した。

午後、乾課長に頼まれてグループインタビューの発言集を打つように言われる。2時間の主婦の会話がテープに録音されているのを聞きながら『ワード』ファイルに打ち込んでいく仕事だ。カセットとテープ、参加者7名の名簿、発言集の雛形が入っているフロッピー、大まかなその場で書かれたメモが手渡された。

〔自己紹介：

鈴木：歯科医の夫の3回の食事の準備があるので大ぴらには出かけにくい。週2回は草木染めとお茶のお稽古だけは出かけているが……〕

『ワード』はワープロとほとんど変りないので、難なく打ち進んでいくが、マウスが机の下で引っかかるらしく時々操作がしにくくなる。カセットテープの操作をしながら打ち込むことに熱中しているうちに、マウスを思いっきり引っ張ってしまった。すると突然カーソルが動かなくなった。もちろんポインター（矢印）も動かない。小波は焦ったがよく見たらマウスが本体から外れていた。いけない、マウス引っ張りすぎて外れちゃったわ！　机の下に潜り込み本体の裏面の接続の部分を見ると、ちゃんとマウスマークがついていて難なく差し込むことができた。最近は、小波も多少のトラブルでは声をあげなくなった。ちゃんと差し込んだはずなのに、マウスを動かしてもポインターは全く動かない。差し込み方が悪かったのかと思い再度差し込み直した。しかし、全く動かない。渡辺くんがいると机の下に潜り込んだ時点で「どうしたんですか？」と声をかけてくれるはずなのだが、元木さんが来るようになってから休む日の方が多くなっている。

仕方がなくて恐る恐る乾課長に声をかけた。

「すみません、わたしのマウスが動かなくなったんですが」

「マウスの動きが悪いのは汚れが詰まっていることがあるので中を開けて掃

除をすると元に戻りますよ」

「いえ、違うんです。マウスは動くんですが、マウスを動かしても矢印が動かないんです」乾課長は小波の席に来てマウスを動かし、首をかしげた。

「あれ。本当だ、動かないわ。さざなみさん、何かやったね？」

「マウスが抜けちゃったんで差し込み直したんですが」

「マウスが抜けたところで、普通は相談して欲しいですねえ」乾課長はカチャカチャキーボードを操作していたが、やがてため息をついて言った。

「だめですね」コントロールキーとアルトキーを同時に押し続けながら右手でデリートキーを押すと、プログラムの強制終了の画面になった。

「ここでエンターキーを押すと終了するわけですが、保存してない分は消えてなくなりますよ」

「仕方ないです」と小波は諦めながら言った。

しかし、エンターキーを押しただけでは何も起こらない。乾課長は軽く舌打ちをすると、再起動させるためにもう一度コントロールキーとアルトキーを左手で同時に押し続けながら、右手でデリートキーを押した。すると、見

●強制終了
画面が凍りついたようにマウスやキーボードからの操作を受け付けなくなる状態を「フリーズした」という。こういった場合、まずその凍りついたアプリケーションソフトを終わらせる操作をするが、普通フリーズするとマウスなどでメニューから正常に終わらせることすらできないわけで、そういった場合にキーボードで強制的に終わらせる命令を送ることができる。このキーボード操作は記憶すること。これでも駄目だといよいよコンピュータ自体を再起動することになる。

馴れた最初の起ち上げの画面に戻り、無事にポインターは元に戻り動かすことができるようになった。発言集を開くと2～3行が消えているだけでそれほどのダメージはなかった。『エクセル』が自然に落ちた騒動の後、柾部長が念のため小波のマシンのアプリケーションすべてに自動保存の設定をしておいてくれたのである。

小波は、気を取り直して打ち込み始めたが、今度は打ち間違えた字を直そうとカーソルを動かすと、動かしたカーソルの側の字が黒く選択された状態になってしまい、その状態で打ち込むと今までとは違って挿入した字が前に打った字を全部消してしまう。何度やっても同じ状態になるので、さすがに気がひけるが、またまた乾課長のところに行く。

「今度は何ですか？」課長は苦笑しつつ小波の席に来てカーソルを動かすと、「インサートボタンを押したんじゃないの？」と言いながらあっけなく元の入力状態に戻してくれた。普段ほとんど使ったことのない、文字盤とテンキーの真ん中に6つ並んでいる左上のインサートボタンをマウス騒ぎの時にうっかり押していたようだ。このボタンを1回押したか押さないかで、こんな

●再起動
フリーズ状態から正常な状態に復帰しないときの最終手段。リセットボタンがついているマシンでは課長の言うように同じことをボタンを押すだけで行えるが、キーボード操作も記憶しておくこと。ちなみに最後に保存した時以降やった作業はすべて失われる。これでもマシンに何も起こらない場合もあり、そういった場合はいよいよ多少のマシンへのダメージを覚悟して電源を切る、あるいは初心者ならずとも電源コンセントを引き抜くといった最悪の手段をとることになる。

思いをするなんて。何だか朝から今日はついてない、と小波は思う。

「基本的なボタンの知識くらいは、マニュアルを見て最低限は頭に入れておいてくださいね」今日はさすがにお世話になりっぱなしで、課長にしてはきついお言葉。でも、マニュアル見て理解できるくらいならいちいち聞きゃしませんよ、と心中で開き直りながら、めげずに不思議に思っていたことを聞いてみる。

「課長が用意してくれた発言集の雛形は、名前を打った後2行目以降も名前のスペースの次に文章の頭が揃うようになっているんですけど、それってどうしてそうなるんですか?」

「ぶら下げインデントの使い方、知らない?」

「ワープロにはそんな機能なかったものですから」

「いや、ワープロにも似たような機能はついているはずだけど」と言いながら、課長は画面の上と左端にある定規のような目盛りのうち上にある方をポインターで示しながら言った。

「この三角の印を適当な文字数分右に動かせばいいんですよ」ポインターが

●三角の印
左の印のこと。こういった定規のようなものをルーラーという。

その印を指すと、『ぶら下げインデント』というマンガのフキダシのような表示が出た。

「これを毎回やるんですか？」

「はあ～？　箒で掃いたことないの？」

「何ですか、それ？」

「書式のコピーのこと。柾部長はシフトキーとコントロールキーを一緒に押しながらCのキーでコピーして、変えたい文体をドラッグしてから今度はシフトキーとコントロールキーを一緒に押しながらVのキーで貼り付けてた方が早いと言うんだけど、ぼくは写したい文体をドラッグしてから箒のマークのツールアイコンでドラッグして、変えたい文体をドラッグした方が早いと思うんですよ。後はタブ設定してやる方法もあるけど、発言集を打つなら『ぶら下げインデント』で設定しておいて、それを写しながらやった方が早いでしょう」少しはパソコンの操作に慣れてきているので、素早い説明操作にも、小波もこのごろではかろうじてついていけるようになっている。

「そういえば、さざなみさんはシフトキーとコントロールキーを一緒に押し

●箒　左の印のこと。ここにポインターをもってくると、下にバルーンヘルプという印を解説するマンガのフキダシのようなものが出る。

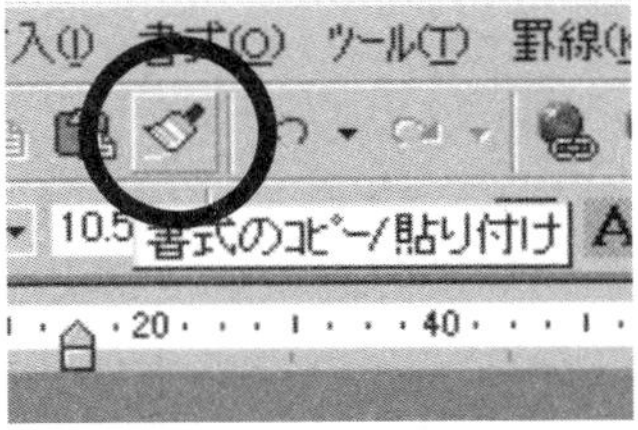

ていったら左手で二つのキーを押し続ける動作であることを理解してますよね。おかんに教えた時、たまたま電話だったんだけど『二つ押してもどうにもならない』とヒスおこしちゃって。家で確認したらシフトキーを右手、コントロールキーを左手で、同時にトントン肩を叩くように押しているんですよ。それじゃどうにもならないと呆れ返ったんだけどね」

「わたしだって、こうして見ながら覚えているからできるんであって、初めてのことを見ないで教えてもらったらやりかねませんけど」乾課長は母親に教えているのでこんなに教え方が上手いのかと小波は納得したが、照れくさそうに母親のことを「おかん」と呼ぶのを聞いて何かほっとした。

「ところで、さざなみさんは今までどうやっていたの?」

「いや、改行した後にスペースを打って頭を合わせながらやっていましたが」

「まあ、それでもプリントしたら同じようには仕上がるけど。改行やスペースを打つと、データとしては余計なものになっちゃうし、時間も余計にかかるでしょ。発言集のペイは時給計算ではなくてテープ1本いくらで外注しているんで、時間をかけてやっても支払は同じだからどっちでもいいんですけどね。ただ、これも期限のある仕事だから、なるべく速く仕上がった方がありがたいですね」

「わかりました。早く仕上がるよう努力します」

小波は意地になってテープを聞きながら打ち込み続ける。この日最後の悲劇が起こったのは、それからしばらくしてからだった。もう少しでテープの片面が終わる、という時、また画面が凍りついたように動かなくなってしまったのだ。この前の失敗があるので、ちょっと長い文章などを打ったあとはこまめに上書き保存をかけていたが、やはりこの突発的な事態にはショックを受ける。

「課長…」小波はあまり大袈裟にはならないように静かに席から伸び上がると、また画面が凍りついたことを告げ、きちんと保存しながら作業をしていたこともつけ加えた。

「今度は5分くらいの打ち込みが消えるくらいですみます」

「いや、あきらめるのはまだ早いですよ」乾課長は小波の後から再起動するのを見ていたが、やがて席を代わるように言うと、ウィンドウズが起動しつつある青空の画面を睨み始めた。

やがて今度はエクスプローラを起動し、『マイ・ドキュメンツ』のフォルダをダブルクリックして、「ほらさざなみさん、見て下さい。ここにさっきまで打ち込んでいたデータの残骸がありますよ」と言った。

「は？　この、変なにょろ（〜）っとしたのがついてるのですか」

いくつか普通の緑色をしたファイルが並んだ一番上に、色の薄くなった幽霊のようなファイルがある。

「これを右クリックして、名前の変更で名前を付けかえる」

課長は言った通り、『名前の変更』を選んだ。

「それで、このにょろ（〜）を取って、『発言集1』のままじゃ心配だから、『発言集2』にして、エンターキー！」

すると、幽霊のように半透明だったファイルが普通の色になった。

「これでもう大丈夫」

ダブルクリックして開き、スクロールすると、さっき小波が打ち込んでいたところまでちゃんと残っている。

●右クリック
ウィンドウズOSでは、「困ったときの右クリック」といって、とにかく右クリックをしてみると、自分がとりあえず次にしたい動作ができるメニューの窓が開くことが多い。どうしよう、と思ったらとりあえず右クリックしてみよう。

「あまり気合いが入り過ぎるとマシンも緊張するんですね。明日中に打ちあがれば上出来ですよ」課長は小波に椅子を返しながら言った。

「あ、はい」と自分の椅子に座ると、今まで座っていた課長の温もりが椅子から伝わってくる。この温もりが、打ち込んだものが無駄にならなかったという安堵の気持ちと重なり心地よかった。

「すごいですね。一体何が起こったのかよくわかりませんけど」小波は半ば感動して言った。

「まあ、裏技なら任せてくださいよ」課長もうれしそうである。

「これはもう、神業ですね」小波はここぞとばかり持ち上げる。

「てれるじゃないですか」そう言いながら、しかも本当にてれて、課長はそそくさと席に戻って行った。どれくらいパソコンで仕事をすれば一通りの裏技なるものを身につけられるのだろうか。とにかく、テープの片面までは今日中に打ち込んでしまおう、と小波はおそるおそる打ち込みを再開した。今度はあまり気合いが入り過ぎないように気をつけて。

ちょうど、テープが片面終わったところで6時になっていた。

●裏技
特に取り扱い説明書（マニュアル）などに載っていない操作方法のこと。困ったときにマニュアルを開いても、肝心なことは全然載っていないというジレンマが成立する所以である。

「明日には確実に打ち終わりますので」と乾課長に声をかけてオフィスを後にした。6時間近くテープを聞きながらのワード打ちは、さすがに疲れが腰にきて、オフィスの前の急な坂道を登るのもやっとの思いだった。地下鉄の階段を上ったり下りたりするのもかったるく、今の時間は地下鉄も座ることができないだろうなと思うと更に足が重かった。今日はとにかく朝からトラブル続きだったし、明日もこの続きがあると思うと、どうしてもこのまま地下鉄に乗る気がしない。思いきって今日はタクシーで帰ることに決めた。

六本木通りに出ると、サラリーマンやOL風の人達がタクシーから次々に降り、楽しそうに夜の街に消えていく。こんな光景を目の当たりにすると、つい空になったタクシーに乗ってどこかに遊びに行きたい衝動にかられてしまうが、決然と自由が丘まで、と運転手に告げると、足を思いっきり伸ばして座席に深々と座った。

「お客さん、テレビ局の人ですか?」と運転手は声をかける。

「どうして?」

「この時間によくテレビ局の人を乗せるので、お客さんもそうかと思ったんですよ」

小波はこの言葉にタクシー代がもったいないと思う気持ちが薄らいでしまったうえに、疲れも遠のく思いだった。人の気持ちなんてちょっとしたことで変わるものだ。小波は敢えて何も答えずに、窓から華やぐ街並みを眺めた。

それにしても、小学校の広報活動でワープロを使うことになった時、かな入力からローマ字入力を練習しておいてよかった、と当時のことが思い浮かんだ。

ローマ字入力に切り替える前は、『あいうえお』の母音以外は2度打たなければならないということから、どうしても早く打てるとは思えなかった。ただ、かな文字を打つ時にいつも右手に隠れる『け』『む』『め』『ろ』のキーが探せなくて、いつも躓いて時間がかかっていた。

〔ベルマークを集めます。日程は5月18日です。〕

ただこの22文字を打つのに随分と時間がかかり、この22文字をかな入力とローマ字入力でどのくらいの違いがあるか、暇に飽かせて数えてみたことがあった。かな入力だとキーは30タッチでシフトキーを5回押す。キーの種類は20種類。ローマ字入力では45タッチでシフトキーは0回。タッチ数は多くてもキーの種類は18種類と少ない。その分、同じキーを何度も押すのですぐに覚えることができるなどと妙に納得し、今でもあの時数えた数が頭に残っている。しかも、かな文字の場合は文字盤を1段目から4段目の隅から隅まで万遍なく使う。ローマ字入力の場合は半分以上が3段目のキーに集中していてキーの場所も覚えやすかったし、手の動きも楽だった。アルファベットの位置を完全に指が覚えているので英文を打つのにもあまり苦労が無い。自然に｛ベルマークを……｝と膝の上でキーボードを叩くしぐさをしていると、運転手に声をかけられた。

「お客さん、自由が丘はどの辺で？」

「あ、もうここまで来ていたの？　次の信号のところで降ります」自宅まですぐそこの路地を危うく通り過ぎるところだった。今日はゆっくり休んで、明日は明日の風に吹かれましょう。小波は家の玄関に入る前に仕事のことはタクシーの中に忘れていくことにした。

小波のパソコンメモ④ ファイルの保存

※ファイルの保存

パソコンはワープロと違って、いつもフロッピーに
作ったデータを保存するわけではない。
普通に保存すると、フロッピーにではなくて、
ハードディスクというパソコンの箱の中でいつも
回っているディスクに保存される。これがCドライブ。
たいていフロッピーはAドライブになっている。
たまにハードディスクがAドライブであるパソコンも
あるが、私が使っているパソコンの場合はCドライブ。

ドライブ名は
別の名前に
変えることも
できる。

※保存の仕方

保存するときは画面の左上にあるファイル(F)を
クリックするとメニューが現れるのでその中から
「名前をつけて保存(A)」を選んでクリックする。
すると小さな画面が現れるので、下から2番目の
「ファイル名(N)」の行に名前を打ち込んで(入力して)
「OK」のボタンを押す。
このとき小さな画面の1番上の保存する場所に注意。
「保存する場所」はすぐ隣の下向きの矢印を押したりして
切りかえることができる(「新しいフォルダ」の黄色いボタン
を押して新しくフォルダを作ることもできる)。

プルダウン・ボタン

画面の上の
メニューで
左から3番目

※ファイルとフォルダ

エクスプローラでみるとフォルダは黄色くって
ファイルを入れる箱のようなもの。
ファイルはワープロの文書などで
通常はフォルダの中に入っている。
ファイル名のあとには拡張子というものが付いている。
ファイル名は好きにつけて良いが拡張子には規則がある。
拡張子はたくさん種類があるが別に憶えなくても
パソコンを普通に使う上では問題はないと
梅咲さんが言っていた。

「.」のあとに
並んでいる3文字の
アルファベット
のこと

5　秋風と『ディンクス・アゲイン』

7月も半ば過ぎると、急に仕事の量が減り始め、あまり無理な出社もしなくてすみ、約束の月曜日と木曜日に出社してもあまり仕事らしい仕事もなかったので、休む日も多くなり、のんびりした朝を迎えることができるようになった。

夫を送り出してから、ゆっくり朝食を済ませた後、午前中は洗濯と家の片付けをして過ごした。午後は買い物に出かけた。相変らず、会社に着ていく服がない。時々会社の帰り道、店を覗いてみるのだけど適当なものが見つからない。小波の年齢で着られるようなものだと地味過ぎて仕事着という風には見えないし、たまにいいなと思うものがあっても、サイズがまるで合わない。元木さんのような若い女の子のお尻につい注目してしまうのは、自分の体形に関してインド・パキスタン国境にすら匹敵するほどの数多くの不安材料を抱えているせいでもある。

渋谷に着き、まず駅から少し離れているので最近あまり行ってなかった東急本店へ行った。デパートのなかを隈なく歩き回り、いくつか手にとってみた。どうも会社に着ていくというよりＰＴＡの会合という感じである。それでもある程度の年齢の女性でも着ることのできそうな仕事着があり、いくつか試着してみた。サイズが合わないが、ひとつは少し直してもらえば着れそうである。いざとなったらこれにしようと決めて、小波は東急本店を出た。

次は新宿に行ってみるつもりだった。南口に出来た高島屋はまだ行ったことがないが、確か売場面積日本一だったはずである。とにかく覗いてみよう。もし適当なものが無かったら、帰りに東急に寄ってさっきのを買えばいい。

渋谷駅までの道すがらにあるマクドナルドから小さな男の子が飛び出してきて、小波の目の前でくるりと向きを変えると母親の方へ走って行った。そして母親の目の前で何か言って飛び跳ねた。まだ歩けるようになって間も無いぐらいの年齢だ。飛び跳ねた途端、その男の子の持っていた子供用のセットの袋の底が抜けて、中身が辺りに散らばった。あまりのことに男の子は呆然となり、しばらくの間は反応が途絶えた。すごく長い時間（おそらく2秒ぐらいだったろう）が過ぎ、男の子は泣き出した。母親があやしながら散らばったものを拾い集めた。幸いハンバーガーとおまけのおもちゃは無事だったが、ポテトとジュースは修復不可能だ。母親はまだややパニック状態にある小さな息子をあやしながら歩き出した。天気が良いので近くの公園で食べるらしい。ほっそりとした綺麗なおかあさんだ。娘の学生時代の友達にひとり綺麗な娘がいたけど、あの娘がちょうどそのまま母親になったような感じだ。身綺麗にしているけど、もうひとり生まれて子供がふたりになったら、服装に気を配る余裕も無くなってしまうだろう。大変なだけで本人は気付かないだろうけど、人生の黄金時代。

うちの息子もマクドナルドが好きだった。でも歩き始めて間も無い2歳ぐらいのころはまだマクドナルドはそこここにはなかったように思う。近所の都立高校に通っていたころは、自由が丘の駅前のマクドナルドで2、3人の友達とたむろしている姿をよく見かけた。

突然、小波の眼に涙が込み上げてくる。あれ、どうしたっていうんだろう。小波は自分でもわけのわからない急激な気持ちのたかぶりをどうしようもできなかった。息子は就職して新幹線で行けば2時間程度のところに住んでいて、電話をかければ今すぐにでも声を聞くことも出来るのに、この喪失感はいったい何なのだろう。小波は建物の隙間から臨めるよく晴れた空をすがるように見上げた。足から急に力が抜け、用もないのに手近の公衆電話に近寄ると、そのカバーに寄り掛かった。

数分間そのまま動かずにいて、やっとどうにか歩けるようになった小波は、人波が続く雑踏の中を歩き始め、渋谷駅近くのコーヒーショップで紅茶をたのみ、席に着くとやっと少しひとごこちついて、予定通り新宿まで行ってみようという気持ちを取り戻した。

新宿高島屋では不思議なほど店員に声をかけられた。ひとりまだ30過ぎたばかりぐらいの年齢だが、いかにもベテランらしい手馴れた感じの店員が近づいて来てわざわざ10歳も年齢を間違えた上に、「奥様、こちらの白など良くお似合いと思いますが」などと、もうテレビドラマの中でさえ死に絶えたような台詞をささやくのでさすがに驚いてしまった。小波だって自分がさすがに10歳も実年齢より若く見えないことは知っているし、自分が美人でないことも（角度によっては感じの良い顔立ちに見えることとも）小学生の頃からよく知っている。働き始めてからは顔色が良くなり、少しは若返ったかもしれないが、それにしてもせいぜい2、3歳若く見えるのが関の山だ。

驚いたついでに「職場に着て行く服を探しているのですが」と正直に告げてみたら、そのいかにも場慣れた感じの店員の顔にすら、一瞬手の打ちようがないという表情がよぎった。それでもさすがはプロである。小波でも着ることのできそうなややフォーマルな服を見繕って持ってきた。小波は一応袖を通してみたが、やはりサイズに問題がある。

どうしても欲しいと思う服ではないし、月に8万円の給与の半分近くを服のために使ってしまうことにどうしても決心がつかなかった。夫からもらう家計費を工面して今まで買っていた時にはあまり高いと思わなかったデパートの服の値段も今は不思議と手が出ない。もうちょっと待てばバーゲンの時期になるので、結局買わずに高島屋を後にした。

どうせ新宿にショッピングに来たのだからと、今度は前に梅咲さんに教えてもらったT-ZONE新宿店に足を運ぶことにした。交叉点からは少し離れているが、割と大きな新しいビルなのですぐわかった。エレベータの案内板で見て、ノートパソコンと書いてある5階フロアで降りると、確かにその通り、ノートパソコンがこれでもかとばかりに並んでいる。フロアは思っていたより明るい。ノートパソコン売り場にノートパソコンが並んでいるのは当り前といえば当り前なのだが、小波は段々うれしくなってきた。これなら通勤着を探すのと違って、欲しいものが必ず見つかりそうである。

まず、B5のものを見てみると、薄くておしゃれな感じのものが多い。値段も20万円を切るものが多く、小波の予算でもどうにかなりそうだ。ただ実際キーボードに触ってみるとキーの間隔が狭くて打ちにくい。慣れれば気にならなくなりそうな程度ではあるのだが。手の小さな小波でさえこうなら、渡辺くんなんかじゃ絶対に使えないだろう。

「CPUは333以上、ハードディスクは2GB以上なら、さざなみさんが使うのにまったく問題ないです。それから買うときには必ずモデムが内蔵されているか確認してください」と乾課長が言っていたので、それはなんとなく覚えていた。値段とスペックが手書きしてある商品の札で数字を確認して

●CPUは333以上
CPUとはパソコンの心臓部の部品のことで、それにかかる数字は一応、大きくなればなるほど処理速度が早くなると考えてよい。

●2GB
2ギガバイトと読む。バイト記憶容量の単位で、KB（キロバイト）、MB（メガバイト）、GB（ギガバイト）の順に大きくなる。1KB＝1024B、1MB＝1024KB、1GB＝1048576MBである。現在パソコンで使用されるフロッピーディスクは1枚約1・4MBくらいの容量。

みる。どのパソコンも乾課長が言った条件を満たしているようだ。

次にA4のコーナーに移って触ってみると、やはりこちらの方がかなり打ちやすい。しかしB5に比べると全体に分厚くておしゃれではないし、だいいち値段が高い。そんな中に先日会社に客人が持って来たのと同じような、とても薄くて画面の大きなものがあった。そっくりなところを見ると、おそらく同じメーカーの同じモデルなのだろう。値段は¥378000。これではちょっと手が出ない。

そのとき、壁に貼ってある中山美穂の大きなポスターが目に入った。テレビのビールのコマーシャルで、なべぞこ大根！　と叫んだ後、おいしそうに食べてビールを飲むしぐさが強烈に印象に残っているだけに、パソコン売り場にはなにか不釣り合いな不思議な感じがした。

今度は一階降りてデスクトップの売り場へ行ってみた。駅から2分程度なのに、不思議と混雑していないので見て回りやすい。

最近はだんだん色も増えてきているようだが、それでもなんの変哲もない白が主流だ。しかし、それでもひとつ「これだ！」と思えるものがあった。淡いグリーン系の色で、液晶のディスプレイは薄くて邪魔にならない。しかもキーボードもマウスもコードレスである！　これはいい。これなら居間のテーブルの上にも安心して置くことが出来る。コードレスなので見栄えがいいし、まず何よりも使いやすそうだ。しかし値段は￥２５８０００。パソコンというのは薄さに比例して高くなるのだろうか。考えてみれば十数万でもあきらかに贅沢だと思えるのに、20万以上はとても出すわけにはいかない。でも、これだけデザインが良くてコードレスなのに、このまま見過ごすのも惜しいような気がする。みれば元木さんが就職予定している会社の親会社のメーカー製品だ。ここは元木さんを応援する意味でもふんぱつしたいのは山々だが、やはり値段が…。

小波は何を買うとも決められず、店内をうろうろし始めた。しばらくすると今度は色とりどりのおにぎりのような形のパソコンに出くわした。おにぎりのような形なのに不思議とおしゃれな感じがする。値段は￥１２８０００。小波はスペックを確認したが数字が足りないということもなさそうである。

特にオレンジ色がいい。これなら居間のカーテンの色とも合う。小波は近

●コードレス
パソコンというと何もかもがコードでつながれているのが一般的であったが、最近は電波や赤外線などで情報をとばせるようになり、新商品の中にはコードでつながないものもある。うっかりするとマウスなどはどこにいったかわからなくなることも。

くの店員を呼びとめた。

「すいません。これ、インターネットできます？」

「はい、できます」どことなく渡辺くんに似た感じの店員はあっさり答えた。

「あの、モデム内蔵ですか」

「はい、その通りですが。お宅の電話はモジュラージャックですか」

「モジュラージャック？」

「はい、壁の電話の配線がこんな形になっていますか」と言って、そのパソコンの後ろ側の四角い小さな穴を指した。

「ええ、こういう形です」

「それなら、買って帰ったその日からインターネットに接続できますよ」

店員とは親切そうで不親切なものだ。

「このオレンジ色あります？」

「タンジェリンですね、まだ在庫はあります」

「これ、よく売れているんですか？」

「はい、おかげさまで。うちのショップでは今年度一番出ていると思います」

●モジュラージャック
凸型の穴で、電話配線の抜き差しがワンタッチでできる方式。家の電話器とパソコンを電話線でつなぐ場合、ほとんどがこのジャック方式である。厳密にはパソコンの中にモデムという電話とパソコンをつなぐ部品が入っていて、このモデムにモジュラージャックの穴があいているのである。

●タンジェリン
iMacのオレンジ色のモデルのことをタンジェリンという。このiMacの半分中身が透けたデザインをスケルトンといい、パソコン以外の商品にも大流行した。

確かにこれだけ目立つデザインで、性能も問題なく、値段も安ければ売れるのは当り前だ。だが、ただそれだけではないような気がする。マウスの形がいつも使っているものとは違うのが気になる。それにキーボードのキー配列も微妙に違うような気がする。小波はとりあえずカタログだけもらって帰ることにした。

帰ることにしたといっても、実際に帰ったのは、その後またもとのノートパソコン売り場に戻ったり、他の階も回ったりして、小一時間経ってからではあるが。

●

小波は会社のパソコンに比べて自宅のパソコンの動作が遅いのには気付いていたが、特にソリティアの上がりのマークのトランプの動きが全然遅くて会社のパソコンとの違いを感じていたくらいで、実を言うとそれほど不便はしていない。そんなことより、デザインが当り前過ぎる白い箱であることの

●マウスの形
マックではマウスのボタンはひとつである。普通二つついているウィンドウズのマウスボタンの左ボタンだけがあると思えばよい。

●キー配列
ウィンドウズマシンとマックとでは確かにキー構成が多少違っている。文字キーの配列は同じ。

方が気になっていた。また、それ以上に置いてある場所が夫の書斎であることが問題だった。今は夫が書斎として使っているその部屋は、以前息子の勉強部屋だったところなので、そこでひとりパソコンに向かうのが時々、息子のことを案じて辛く感じることがある。それに、夫も時々パソコンの前にいるので、居間のテーブルの上に置いてもさまになって邪魔にならない、おしゃれな感じの自分専用のパソコンが欲しいと思うようになっていた。

小波の年代でも友人達と最近はよくパソコンのことを話題にする。特に、ご主人がパソコンのメーカーに勤めている友人が参加している集まりでは、いつも彼女は話題を提供してくれる。いつだったか、彼女が「私、結婚して初めて夫に殴られたのよ」と、その集まりの時に頬に痣が残っている部分を手のひらでなでながら痛そうなしぐさをした。みんなで「どうしたって言うの？」と面白がって聞き出すと、

「主人の留守に、ホームページを見ようと思って、操作を間違えてしまったの。その時どうも仕事関係の大切な資料を台無しにしたらしくて、『留守中にパソコン触ったか？』と言われて、『うん』と返事したと同時に、頭から星マ

ークが飛び散ってこのザマよ」という話。その場でみんなと大笑いしたものの、それ以来夫とパソコンを共有するのは気が進まなかったのだ。

●

木曜日の昼休み終わり近くになって、小波はT－ZONEから持って帰ってきたカタログを取り出して乾課長に見せた。渡辺くんは今日はまだ来ていない。

「私は処理速度はともかく、邪魔にならないデザインで自分専用のものが欲しいんです。最近はこんなおしゃれなパソコンもあるんですね」

「最近って言っても、さざなみさん、これ・iＭａｃじゃないですか」

「知ってますよ、コマーシャルでやっていましたもの」

「去年アメリカだけでも百万台以上売れたそうですよ、やっぱり、女性は形から入るんですかね」

「私は実物を見て初めて欲しいと思ったんですよ。でも、そんなに売れたから安いんでしょうかね」

「うーん、たくさん売れたから安くなったというわけではないでしょうが。でも確かに普通それだけ生産されれば、一台あたりの製造原価はかなり安くなっているはずですね。それはともかく、iＭａｃはウィンドウズじゃないですよ」

「え？」

「ですから、うちの会社で使っているパソコンとはＯＳが違って、このiＭａｃってパソコンを作っているアップル社製のＯＳであるマックＯＳを使っているんです。ウィンドウズとは使い勝手がかなり違うんです」

「でも普通のパソコンなんでしょう。Ｅメールも送れるし」

「Ｅメールも送れますし、ワープロソフトも使えます。特に多機能にせずインターネットとメール関係に機能をしぼって使いやすくしているのが売りかもしれないですね」

「じゃ、私が自宅で使う分には問題ないでしょ」

「ええ、ほとんど問題ないと思いますけど。ただ会社で作った文書をフロッピーに落として持って帰っても読めないですよ。まてよ、最近はマックの『ワード』や『エクセル』とも互換性あるか。ちょっと淡河くんに聞いてみましょう。彼、筋金入りのマック使いだから」と乾課長は立ち上がった。

「君、自宅でもマック使っているらしいけど、やはりマックの方が使いやすいの。ウィンドウズに比べると安定しているってよく言うけど」

「マックとウィンドウズを一緒にしないでください」淡河くんはやや険しい表情になって、強い意思を込めて言った。なんだか一筋縄ではいかない話のようだ。

そのとき、電話に出た淡河くんの隣の席の玉置さんがこちらの方を向いて声をかけてきた。

「さざなみさん、社長から電話ですよ。1番」

「珍しいわね」と言って小波は受話器を取った。「はい、川野です」

「こちら中村です。お疲れ様です」

「お疲れ様です」

「川野さん、あなた明日出社する?」

●ほとんど問題ない
十分な知識があれば問題ないが、やはり現状で初心者がこのふたつのマシンのデータのやりとりをするのは無理があると思われる。マック側ではウィンドウズ側のディスクのファイルを認識することはできる（認識するのと開くのは別）が、ウィンドウズ側ではマック側でフォーマットされたディスク類やファイルは普通では認識すらしない。エクセルでもバージョンによって読めないファイルがあったりして、それなりの知識が必要である。

「いえ、特に部長からも課長からも言われてませんが」ここのところ、そんなにせっぱつまった仕事はない。

「もし都合が悪くなければ、出てきなさいよ。町田さんが六本木に用があるので昼頃寄るっていうから、一緒に昼ご飯しましょう」町田道子さんは小波と中村社長の共通の同窓生である。会いたいと言えば確かに会いたいが、「明日は先約があるのでちょっと都合つきませんが……」小波は一応言ってみた。

「そう、残念」中村社長はもう電話を切っている。

淡河くんはすでに自分の席に戻って仕事を始めている。マックのことをもう少し詳しく聞いておきたかったが、そのうち、朝のゆっくりした時にでも教えてもらおうと思って小波もパソコンに向かった。

小波は、帰りの電車の中で中村社長からの誘いの電話を断ったことがなんとなく後味悪く尾を引いている。そして、あのすべての始まりの日のことを反芻していた。

「パートでもいいから雇って」と言い出したのは自分だったのに、と。

卒論の指導教授の定年退官パーティに参加した時のこと。卒業後、経歴を生かした職業についた人たちと、結婚して主婦業に落ち着いた人たちは、自然とそれぞれの輪を作って談笑していた。小波はいわゆる親友であった和子と昔話をくりひろげていた。

小波は小学校から私立の女子校に通い、常に成績上位にいたので、担任の先生に勧められるまま早稲田を受験した。そのため大学で学んだことを生かして、などという将来の展望までしっかり考えていたわけではなかった。そんな様子を見て、明治生まれの亡父は酒に興じると「小波も学士サマか、女子大生亡国論を地でいってるな」とよく口にしていた。当時、早稲田の暉峻教授が「女子大生亡国論」を発表し、マスコミの寵児となっていたころである。

女子校から来た小波は、入学説明会の日、校舎から同じような年格好の汗臭い男性達がこれでもかこれでもかと掃き出されてくる様子にたじろぎ、場違いの感が否めなかった。説明会の講堂の中に入ると、ひとり心細そうに座っていた女性がいたのでその横に座りながら、思わず「大学って男臭いのね、慣れることできるかしら？　わたし清水小波です。よろしくね」と話しかけていた。その女性はニコッと笑って「鈴木和子です。わたしも三人姉妹の上、小学校から女子校なのでびっくりしているの」この会話が二人の仲を急接近させた。偶然にもクラスが一緒と分かって、それからは、どこへ行くにも手を繋ぎ、必ず行動を共にした。

今の広末涼子ではないが、吉永小百合が授業に来る日は文学部の渡り廊下の前で待っていたり、図書館に北大路欣也がいると聞いては用もないのに図書館に行ってみたり、いつも手を繋いで一緒にキャンパスの中を駆け巡っていた。授業の合間には校門の横のベンチに座って男子学生の品評会をやり、お互いの好みを確認しあったこともある。マンモス大学のため同じ男子学生を見かけることが少ないので、飽きることがなかった。そんな風にいつも二人一緒にいたため、小波はクラスにできている勉強派グループにも入らず、かといって小波と同じような気分でいるであろうグループの、どちらのグループの人とも深入りはしなかった。

パーティで二十数年ぶりに学友達と会うと、さすがに手は繋がないが、不思議と和子と二人の世界が蘇ってくる。

「二十数年ぶりに会ってみて分かったことがあるの、苦手な人は年月隔ててもやっぱり苦手ね、そう思わない？　ねえ和子〜」

「その逆も言えてない？　ねえ小波〜」

「どういうこと？」

「あこがれの君は、年月隔ててもやっぱりカッコイイわ」

「ちょっと頭薄くなって、でぶっててもね」

他愛ない会話を続けていたが、その横では、中村社長と町田さんの会話から耳なれぬ「ディンクス・アゲイン」という言葉がしきりに聞こえてきていた。専業主婦とは一線を画する二人の噂は時折かすかな羨望をともなって小波にも届いていた。わざわざ連絡をとって会うことも不自然だし、こういうパーティでもなければ彼女たちの職業生活を知る機会など滅多にないものだ。そんな気がして、小波は、思わず振り向いて無邪気に「町田さん、『ディンクス・アゲイン』ってなあに？」と聞いてみたのだった。

突然、会話に割り込んだためか、そんなことも知らない小波にどう対応していいのかとまどったのか、中村社長と町田さんは一瞬沈黙した。町田さんが一呼吸置いて、ゆっくり説明してくれる。

「Double Income No Kids の頭文字を繋ぎあわせてＤＩＮＫＳというわけ。ひところもてはやされた、子供のいない共働き家庭のことだけど、我々の今の時代って子供も巣立ってしまって、『ディンクス・アゲイン』って感じがしない、さざなみさん？」

そのとき、町田さんのバッグの中から携帯電話の呼出音がして、彼女は携帯を耳に当てながら小走りに会場の外に向かった。その姿をうらやましげに目で追っている小波に、おもむろに中村社長が言葉をつなぐ。

「マーケティングの業界では年代や性別だけでは説明できない消費行動や意識を持った人の集団を見つけては、新しい言葉で表現しているわけ。主婦のことを奥様から外様といったり…、団塊の世代の夫婦を友達夫婦といったり…。さざなみさんもそういう言葉聞いたことない？」

「おもしろそう！　そういう言葉を見たり聞いたりしているけど、適当にそう言っているのかと思ったら、ちゃんと根拠があるんだ」小波はすっかり感心しきりである。中村社長は名刺を小波に渡しながら「マーケティングに関心あるんだったら一度事務所に遊びにいらっしゃいよ」と言った。社長の肩書きがつく名刺を初めて見たせいかもしれない、小波は「パートでもいいから雇って」と、社交辞令よろしく冗談半分に言ったのだった。

今の生活のすべては、そこから始まったのだと、自由が丘の駅から自宅まで歩きながらその時の光景を思い浮かべ、何度となく小波は反芻していた。その後、和子には「本気で仕事するつもり？　もし、そうだとしたら、友人として接しては駄目よ。あくまでも雇われ人という気持ちで接していかないと絶対続かないよ」などと言われ、またヤキモチやいて水さすようなことばかりいうんだから、と軽く聞き流していた小波だった。無我夢中で突っ走ってきて、ふと立ち止まるとこの会話がやけに現実味を帯びてくる。夜道の足取りに秋の気配の混じった風がやけに冷たく吹き抜けた。

小波の中に、給料のことを含めてモヤモヤが溜まってきていることも確かである。家の前につく頃には、明日の約束を断ったのは正解だったという割り切りができ、玄関を開けると「今日は早かったじゃないか」という夫の言葉にほっと一息つくことができた。

小波のパソコンメモ⑤　日本語入力

※ Altと半角キー

親指でオルトを押してから
「半角」キーを押す。

キーボードを押すとアルファベットが出る状態から
日本語入力に変えるときは左親指で「Alt」キー、左人指指、
または中指で「半角」キーを同時に押す。

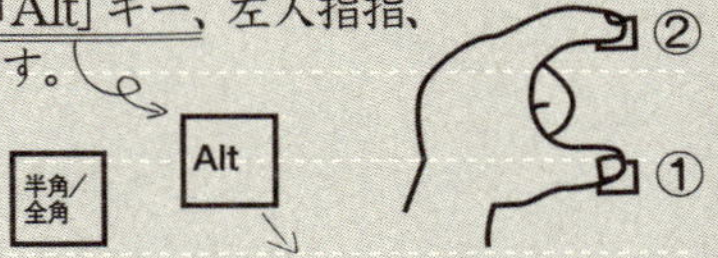

オルト・キーという。

※「Back Space《バックスペース》」と「Delete《デリート》」

カーソルの左側の文字を消すときは「Back Space」を押す。
カーソルの右側の文字を消すときは「Delete」を押す。

※変換

下段の何も書かれてない
いちばん大きなキー

文字を入力して確定するまえに「スペース」キーか
その左隣の「変換」キーを押すと変換していくつかの候補が
現れるのでその中から変換したい候補を選び
「Enter」キーを押して確定する。
カタカナに変換したいときは確定する前に「F7」キーを押すと
カタカナに変わるので、それから「Enter」キーを押して
確定する。半角カタカナにしたい場合は「F8」キー。

※かな入力をローマ字入力に変える

画面のどこかにある小さな
ツールバーの右下の「KANA」の
ボタンをクリックしても同じ。

かな入力の場合は「Alt」キーと
「ひらがな」キーを同時に押すとローマ字入力に変わる。

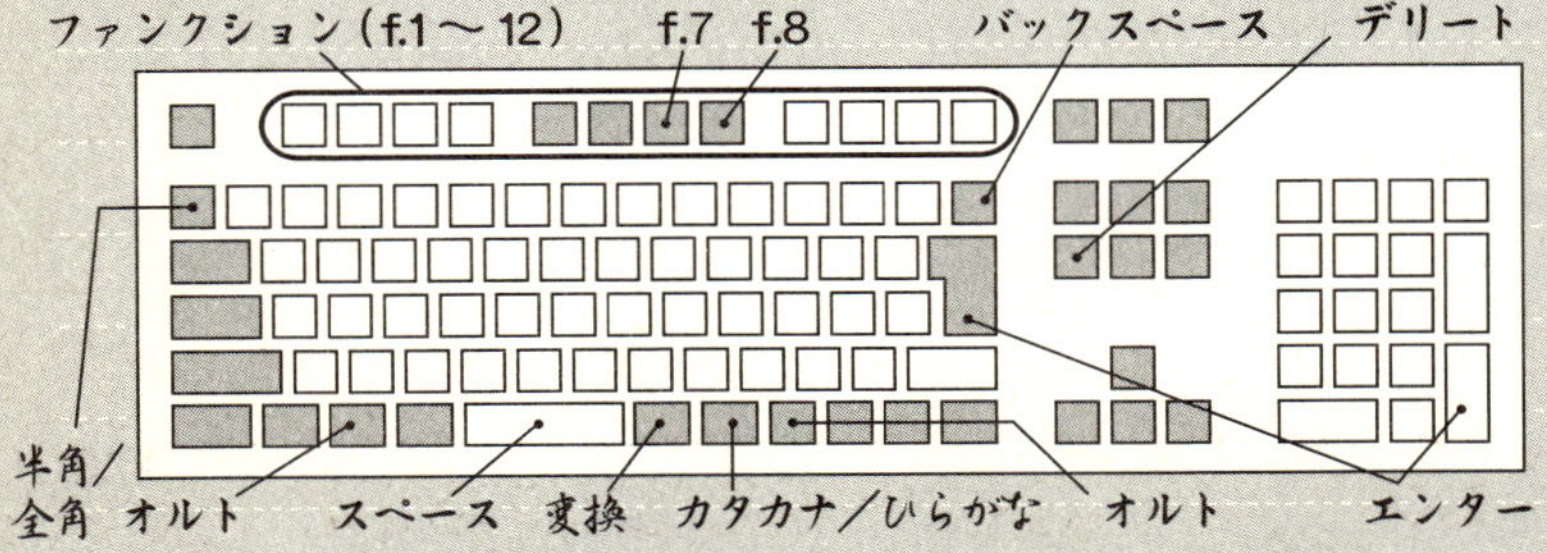

6　LANを組んだらランランラン…

元木さんが来るようになってから、昼休みには会議室になんとなく人が溜まるようになってきた。前は昼食が早く終わっても、各々の席でソリティアなんかやっていたのだが、最近は会議室でコーヒーを飲みながらダべっていく人が増えている。ノーメイクとはいえ、若い女性の威力は絶大である。

ところで今日は元木さんは会議室にいない。彼女が何をしているかというと、MOを抱えて人が仕事していない時間を見はからって各パソコンの大事なデータのバックアップを取って廻っているのである。

回覧には「金曜日の正午までに、削除されては困る重要なデータはCドライブ（またはAドライブ）のルートディレクトリに保存データというフォルダを作ってコピーを置いてください」とあった。なんのことやら分からないので元木さんに直接尋ねると、小波のパソコンのエクスプローラを開いて［C:］のすぐ下の階層レベルに保存データというフォルダを作ってくれた。画面で見ればすぐ分かるのに、言葉で説明されても分からないのは困ったものであ

●ルートディレクトリ
コンピュータのあるディスク（ドライブ）のアイコンをダブルクリックするとまず現れる一番最初の画面。ここをルートディレクトリという。ここで『保存データ』というフォルダをルートに置けということは、どこにデータを置いたかわからなくなるのを避けるために、一番最初に開くわかりやすい場所を指定したということである。

●Cドライブ
マシンにもよるが、内蔵ハードディスクを1基装備している場合、それがCドライブであることが普通。

る。

元木さんがなぜこんなことをやっているのかといえば、それは柾部長が社内LANを構築すると言い出したからである。しかも、明日の土曜一日で一気にやってしまうつもりらしい。

「でも、NTサーバ入れるだけで、クライアント側のOSを入れかえるんじゃないから、データのバックアップ取る必要はないでしょう」そう聞いたのは渡辺くん。

「あれはね。15台もネットワークアダプタを入れるから、ひとつふたつは必ず調子悪くなるだろうって元木さんが心配してるんだよ。僕と部長だけで計画してたら面倒くさがってバックアップは取らなかっただろうな」答えたのは乾課長である。

「明日も元木さん来るんですか」

「いや明日は、部長と部長の友達の今村さんのふたりで朝早くから始めて1日で終わらせるそうだよ」

今村さんというのは柾部長の学生時代からの友人で、ソフトウエアの会社

●LAN
「ラン」と発音する。「Local Area Network(ローカル・エリア・ネットワーク)」の略。2台から十数台くらいのコンピュータをつなぐ(ネットワーク化する)場合、現在もっとも一般的な方法である。

●NTサーバ
LANを組む時にはたいてい複数の各自のコンピュータ(クライアント側)をとりまとめる「サーバ」という元締め役のマシンを置く。文字通り、皆の召し使いとなってファイルし、プリントし、通信し、身を粉にして働く共有マシンである。

でＳＥとして勤めている。ホントだったら丸一日の作業でシステム設定料として20万円取りたいところなのだが、２万円と仕事のあとに生ビール２杯の約束で１日手伝ってくれるのだそうだ。なんでも学生時代の友人で間に合わせる会社である。

「それにしても、急な話ですね」と小波。

「いや別に急というわけじゃなくて、何ヶ月も前から話は出てたんだけど、社長がなかなか首を縦に振らなくて。でもこれからは楽になると思うよ。実際パソコンって何処かにつながっていないと電卓が大きくなっただけのようなもので、あんまり役に立たないからなあ」

「ＬＡＮになると何が便利になるんですか」

「たとえば今日もフロッピーに落としてさざなみさんにデータ渡ししたけど、来週からはパソコン同士で直接データの受け渡しが出来るようになるから、私のパソコンからさざなみさんのパソコンへ直接データをホイホイ送れるようになるんですよ。フロッピーレベルくらいのデータを送るのなんて一瞬だから、それだけでもずいぶん時間の節約になりますよ」

●ネットワークアダプタを入れるから、ひとつふたつは必ず調子悪くなるだろう
ネットワークを組むためには接続のためのケーブル線を各コンピュータにつながねばならない。このケーブル線をつなぐための部品に限らず、いろいろな部品を付け足すことによって、コンピュータの調子が悪くなることはよくある。

●SE
「System Engineer（システム・エンジニア）」の略。エス・イーと発音する。コンピュータのプログラム一般を管理する人のこと。

「へえ、それは便利そうですね」

「それに社長にはおそらくあれが効いたな。1台のプリンタを皆で共有できるってやつ。社長のところのプリンタ、もう使い物にならなくなってきてるし」

「それにこのまま、つながないでいるとMOドライブも15台必要になるって言ったんでしょ」と、渡辺くん。

「あれは実際、誇張じゃないと思うよ。最近のウィンドウズデータは肥り過ぎていてフロッピーに入ることのほうが少ないから。それに、クライアントによってはMOだけでは不充分で、ZIPも同じだけ揃える必要があったし、とにかく今回部長はかなり綿密に説得工作をしたよ。2ヶ月前、大倉商会に15クライアントでLANを構築した場合の見積を作ってもらって、案の定一千万以上の見積出してきたし」

「一千万！」

「そう、一千万。うちじゃどう考えても必要ない三百万もするNECの高級サーバーマシンに、他のハード、ケーブルとハブとルータがまたとにかく高く

●MO
エムオーと発音する。MO（Magneto Optical）ディスク＝光磁気ディスクのこと。大きさはフロッピーディスクと同じで厚さが2倍くらい。1枚で記憶容量は最近では1GBを超すものも出た。現在のところ230MBがスタンダード。

●ZIP
「ジップ」と発音する。MOと似ているが、容量は100MBまで。

●ハブとルータ
ハブはマシン同士をつないだケーブルを一旦1ヶ所にとりまとめる。ルータは電話線と複数のマシンをつなぐ装置。

って。クライアント15台もNTワークステーションにインストールし直すし。それから土日2日間使ったLAN構築費が3人のSEに2日間来てもらって百万だし、システム保守契約の年間費が50万円」

「べらぼうですね」

「それで、柾部長はその一千万の見積と並べて、自分たちでやったら、20万のソーテックの最新のPentium IIIマシンと、ディスプレイは古いの使うことにして、6万でPentium IIマシンを本体のみ、ネットワークアダプタ、LANケーブル、ハブで20万程度だから、全部で他の費用合わせても60万程度でできるっていう概算書を社長に出したんだけど。それでも社長はすぐにはイエスと言わなかったな」

中村社長はさすがに注意深い。小波だったら、一千万のものが60万になると聞いたら、すぐ飛びついてしまう。バーゲンだとつい必要のないものまで買ってしまうものだ。

「結局、元木さんが来たのも大きかったな。部長は『NTメンテナンス』って4500円の本を買えば、システム保守契約なんていらないって言ったんだ

●システム保守契約　ネットワークを組み、何か面倒が起きたときなどに専門のSEが対応してくれる保守管理サービス。

けど、社長はあまり本気にしなかったみたいだし」

「でも、元木さんって11月には辞めちゃうんでしょ」

「10月で今行ってる専門学校も終わるし、大学の卒業に必要な単位は誰かさんと違って3年間で取ってしまっているそうだから、11月には卒業旅行にいくんだって。でも、11月までにはうちのパソコンシステムも安定しているはずだし。いくらなんでも11月までにトラブルは出尽くしているよ」

「でも大丈夫なんですかね。明日一日で。大倉商会の見積では3人掛かりで2日間だったんでしょ」

「大丈夫なんじゃないかな。昔と違ってウィンドウズ95になってからは、ネットワークアダプタだって大抵自動的に認識してくれるし。ウィンドウズが出る前だったら3人掛かりで百万円分ぐらい働かないと15台つなげることはできなかっただろうけど。渡辺くんは知らないだろうけど、一昔前はプリンターをつなぐのにも、マニュアルと首っ引きになって細かい数字を打ち込んでいたんだよ。あれはカンベンだったな」

「ウィンドウズ95とウィンドウズ98って何が違うんですか。家のパソコンは

95なんですけど、会社のウィンドウズ98と区別がつかなくて」小波は前から疑問に思っていたことを尋ねてみた。きっと渡辺くんにあからさまにバカにされるだろうと思っていたのだが、渡辺くんは黙ったままだ。

「渡辺くん、見分けつく?」と乾課長が訊いた。

「ウィンドウズ98だと、マウスポインターをメニューに持って来た時アニメーションでメニューが立ちあがりますよね」

「アニメーションで起ち上がるって?」乾課長が尋ねた。

「ほら、こう、ミョーって起ち上がるでしょ」渡辺くんは柳の下の幽霊のような格好をした。

「ああ、あの、ミョーね」

「あとは起動ディスクが2枚になったことぐらいかな。98のほうが95より気持ちフリーズすることが少ないような気がしますけど。気持ち安定しているっていうか。ほんの気持ちですけど」

「僕もあんまり違いがないような気がします」乾課長は小波に向いて言った。

「まあ、バージョンアップするたびに、使い勝手がそんなに変ってたら使う側が困るけど」

「あの、バージョンアップって何ですか」

「課長、やっぱさざなみさんはウィンドウズがＯＳだってことも分かってないんですから、そういう基本的なことから説明してあげないと話についていけませんよ」

「さざなみさん、ＯＳって知ってますよね」

「Operation System のことですよね」最近は会社に置いてあるパソコンの雑誌に目を通すことも前ほど苦痛ではなく、知らない言葉や単語はなるべく記憶するようにしていた。

「ほら渡辺くん、君より理解してるじゃないか」

「でも、ＯＳがなんの役に立っているのかさっぱり分からないですけど」小波は正直に言った。

「ＯＳっていうのは、ほら皆いつも文書を作るときには『ワード』みたいなワードプロセッサソフトを使ったり、発言集を打ち込む時『エクセル』を使ったり、プレゼン資料作るときには『パワーポイント』使ったりしているじゃない

●Operation System
Operating System が正しい。小波の誤解である。課長は細かいことにはこだわらないのである。

●プレゼン資料
クライアントなどに対して仕事の前後に、発表を前提として制作する関連素材資料のことをいう。

ですか。はしょって言えば、ああいう『ワード』や『エクセル』『パワーポイント』みたいなアプリケーションソフトが直接パソコンの機械に乗らないので、OSっていうのはそのための場所を用意しているようなもので、そうですね、お盆の上に食器が載っているようなものと考えてください。この場合はウィンドウズがお盆で『ワード』や『エクセル』『パワーポイント』が茶碗や湯呑。わかりますか」

「はい、だいたい」小波は今の説明でよく分かったような気がするのだが、自分がイメージしているものが正確なものかどうか、自信は無い。

「本当にお盆の上に載ってるって感じですよね。すぐひっくり返りそうな辺りが」と、渡辺くん。

「で、バージョンアップっていうのは、いつまでも同じ物使い続けられたらソフト会社は儲からないので（大抵の製品はそうですけど）、時々新機能を追加したりして改訂版を出すわけですよ。新しくソフトを買う人たちに加えて、今までのユーザーにも気分も新たにお金を払っていただきたい、という方針なわけで、新しくソフトを買うのに比べて、もともと古いバージョンを持っているユーザーは多少安い値段で、新しくなったソフトを手に入れられるわけです」

「ウィンドウズ98の新機能って何ですか」

「さっき渡辺くんが言ってたように、それがあまり95と変わっていないみたいです。ウィンドウズ3・10からウィンドウズ95にバージョンアップしたときは、画面もだいぶ変わって、最初は戸惑ったものですけど。デスクトップにショートカットを置けることに気づくまで、なんて使いづらくなったんだろうって思っていたから。ファイルマネージャーもプログラムマネージャーも無くなってしまうし。とにかく95が出て一番変わったのは、ネットワークが組み易くなったのと、周辺機器を大抵は自動認識してくれるようになったことですね」と、乾課長は渡辺くんの方を向いた。

「そんなことより、うちの会社LANにするのに、なんでルータ入れないんですか」

「ルータは次の機会だね」

「せっかく全部つなぐんだから、ルータも入れてどのパソコンからでもメー

●ショートカット
語源は「近道」。いろいろな場面でさまざまな意味になるが、ウィンドウズ界ではあるファイルを開く時に、その実体でなく分身のようなファイルを作って手近に置き利用することを指す。マック界ではあるコマンドをウィンドウメニューからマウスで選ぶのではなく、簡単なキーボード操作で代行することを言う。(ちなみにウィンドウズ界で言うショートカットはマック界ではエイリアスという)

ル送れるようにしましょうよ。今じゃ都内のプロバイダなら常時接続でも会社向けに料金設定がかなり安いものも出てきてるでしょ」

「どのパソコンからもインターネットにつなげられるようにしたら、残業するふりをしながら怪しげなホームページにアクセスする人間が、最低でもひとりは出現するだろうというのが、社長と部長の一致した見解なのだよ、渡辺くん」

「あんなこと言われてますよ、さざなみさん」

「なんでさざなみさんが、あられもないページにアクセスするんだ」

「さざなみさんじゃないとしたら、元木さんですか」

「関西人じゃあるまいし、無意味にボケばかりかますんじゃない」と、課長が言ったところに、元木さんがコーヒーカップを手に入ってきた。

「もう終わったの、早いね」と言っても、もうすぐ1時である。

「SCSIボードとUSBが付いているのが、5台ですから。あとバックアップが必要ないのが5台。残り5台は7時からやります」と言いながら、元木さんは小波の隣に座った。

●アクセスする
ホームページやサイトに接続して、それを閲覧すること。

●SCSIボード
SCSIは「スカジー」と読む。SCSI仕様の周辺機器を接続するためのコネクタをパソコンに追加するための部品。iMacやG4などの現世代のマックやDOS-V機には標準ではついていない(68Kとか初代G3と呼ばれる世代のマックまでは標準でスカジーコネクタが付いていた)。増設や設定は初心者にはちょっと難しい。

「今日は専門学校の方はいいの」と小波が訊いた。

「金曜日は授業を取ってないんです」

「残り5台じゃなくて、4台だよ。僕が月曜日に必要な分は自分で圧縮してフロッピーに落とすから。多分9時過ぎになると思うけど」と、乾課長。

「やっさしいんだ！」と渡辺くんが冷やかす。

「知らなかったのかい。僕がやさしいことを」乾課長は開き直った。

元木さんはすぐ隣にいるので、表情にどんな変化があったのか小波には分からなかった。

●

この日は5時半過ぎにすぐ会社を出た。今日は娘が遊びに来ることになっている。日曜日に人が大勢来るので、食器を貸してくれと言っていた。借りると言いながら、返ってきた試しがない。

実の娘とはいえ久しぶりの客なので、夕食の買い物にはつい力が入って、

●USB
ユーエスビーと読む。これも周辺機器を接続するためのコネクタ（の仕様）。電源が入ったまま抜き差しできるなど比較的新しい仕様で、スカジーより転送スピードは劣るが取り扱いが楽。新しいマシンには標準でついている。

●圧縮
仕事が終わったりしてバックアップデータにするときにはできるだけ容量を小さくするために様々なアーカイバと呼ばれるソフトでデータを小さくすることができる。対して、圧縮してあるデータを元に戻すことを「解凍する」という。

すこし買いすぎてしまった。店にはいかにも秋の味覚といったものがあふれている。特にきのこが目を引いた。実際だれかが来ることでもないかぎり、あまり料理する気にもなれないものだ。

娘は同じ沿線の神奈川県に入ったところに住んでいる。もっとちょくちょく顔を出しても良さそうなものなのに、タマにしか来ない。しょっちゅう来られても、それはそれでわずらわしいのだろうけど。

「この天麩羅、お父さんが作ったの？　おいしいじゃない」娘が誉めた。

最近、料理に目覚めた夫は料理本を見ながら毎週新しい料理に挑戦している。研究熱心と言えるくらいだ。

「でも、材料を選んだのは私なのよ」小波は但し書きを付けた。

「これだけきのこが揃うと豪華ねえ」

夫は台所で開けたワインを持ってやって来た。

「桃太郎くんは、また出張なのか」

「明日帰ってくるけど」

夫は娘婿のことを尋ねた。あだ名ではない。本名である。

「1年のほとんど台湾にいるんじゃないか」

「4分の1ぐらいかしら」

「たいへんだねえ」

「不況だから、よけいに忙しいなんて言ってるわよ」

柾部長もいつも同じことを言っている。

娘の結婚相手は商社に勤めている。娘にとっては元同僚ということになる。娘が大学の卒業時に一般職とはいえ超一流と見なされる大企業に就職を決めたときには、中堅企業で地道なだけのサラリーマンを長年続けている夫は、うれしい反面、なにかおもしろくない気持ちが隠せないでいたのだが、『商社冬の時代』と言われる様になって久しい昨今では本気で心配しているようである。

娘はと言えば、バブルの波に乗って一流商社に入社し、ちゃっかり社内で結婚相手を見つけ、24歳で寿退社した。まったく、ちゃっかりしたもんである。その後子供を作るでもなく、亭主はたまに帰ってくるだけ。最近はフラワーデザインに凝っていてもうすぐ資格が取れるところまできている。

「お母さん、この大皿借りて行っていい？」

そうくると思った。さっき料理を盛付けているときから、予想されていた事態だ。

「何でも好きなもの持ってってちょうだい。ただ、今日の後片付けはあなたがするのよ」

「はいはい、わかりました。ちょっと食器棚見ていい？」

「落ち着かないコね。あとで、片付けるとき見ればいいじゃない」

うちに来るたびに必ずものを持って帰る。中にはそんなもの買えばいいのにと思うようなものもある。一流商社マンの奥方なのだから、経済的に不自由なくても良さそうなのに、そう楽じゃないらしい。第一、神奈川県にあるそんなに広くないマンションの家賃が高い。そんなに毎月払わなければいけないのだったら、いっそ買って住宅ローンを組めばいいのにと言うと、買うとなるともっと都心から離れなくてはならないのだと言う。大企業に勤めているわけでもない夫が自由が丘のマンションのローンをとっくに払い終えていることを思えば、世界に聞こえた一流商社の割には納得できない話ではある。

娘婿の桃太郎くんはいかにも商社マンらしい頭の回転の速そうな青年である。同期の中では営業成績も良い方らしい。名前が良いのだそうだ。名刺を渡せば、相手はすぐ憶えてくれる。おまけに警戒心を抱かれ難い名前。この名前のおかげで仕事上ずいぶん得をしていると娘は言う。

息子に桃太郎なんて名前をつける父親は、きっと変っていて、すくなくとも髭なんかたくわえた自由業然とした人間だろうと思っていたのだが、会ってみると両親ともごく普通のどこにでもいるサラリーマン夫婦で、小波と夫と何も変りなかった。披露宴では新郎新婦はお似合いかどうかはともかく、二組の両親はまるでコインの裏表だと小波は思った。

「でも、お母さんが働き出すなんて意外よね」

食事が終わって、約束通り食器を片付け始めながら娘は言った。

「どこが、意外なのよ。あなたこそ、どこかで働いたら。家にいて退屈しないの?」

「私はもうカンベンだわ。まじめにOLやってたんだもの。結婚したとき何が一番うれしかったって、もう会社に行かなくていいってことだったもの」

会社ってそんなに辛いところだろうか。小波の通っているところと大企業とでは、同じように考えることは出来ないのかもしれないけど。

「ねえ、お父さん。お母さんが変ってしまいそうで、ちょっと不安じゃない？」

「うん。不安だな」と、夫は答えた。ぜんぜん不安そうではない。

昔から娘と話すとき夫はそっけない言葉遣いになる。あれは照れなのだと思う。上手い言葉がないが、あれは一種の照れに近い何かなのだろうと思う。

「ちゃんと仕事できてるの？　お茶こぼしてパソコン壊しちゃったりしていない？」

小波はドキッとした。暑い時期は缶茶を飲みながらキーボードを叩くことが多く、特に3時には決まって近所の自販機でクリーミーティーを買って飲むのが楽しみになっていた。ある日、顔を上げて缶を飲み干す時、蛍光燈の光がモロに目に入り、思わずクシャミをしてしまった。飛び散ったクリーミーティーの水滴を、机の上に置いてあるティッシュを数枚取り出し慌てて拭いたが、キーボードの上にもかなり飛び散っていたのだろうか、しばらく打っていると、突然、『ああああああああ……、SSSSSSSSSSSSSSSSSS……』と同じ文字が自動的に画面に打たれていく。この異常事態に、通りかかった柾部長に声をかけざるを得なかった。

「おお!! 初めて見る現象だ」と呟きながら、いくらかの操作をしつつ、しきりに「おかしいな、おかしいな」と首をかしげた部長は、やがてはらはらしながら見ていた小波の方へ向き直った。

「川野さん、何か変なことやりました?」どうやら部長はお見通しのようだ。

「くしゃみして、…お茶をこぼしてしまったみたいなんです」言いたくはなかったけど、しぶしぶ告白した。

「やりましたねえ」と言った後に「普通のお茶? 砂糖は入っていないですよね」と問いただされた。「これ…」とまだクシャミで飛び散ったなごりのしずくが付いて汚れたままの缶を差し出す。

「砂糖入りじゃないですか。こりゃ、もうダメかもしれないな」と、どうしようもないといった表情をしながら、前に使っていた柾部長のお古のキーボードを戸棚から探し出してセットアップしてくれた。そして、

●ダメかもしれない
これは本当に経験したことだが、砂糖の入っていないコーヒーをキーボードにこぼした時、さかさにしてよく水分を切り、十分に乾かしたら、使用することはできた。こぼす量にもよるだろうが、砂糖などの不純物が入っていなければ、水洗いをしてよく乾かし、使用できたという話も聞く。どちらにせよ、水分を完全に乾かすことがまずは大切。

「パソコンは精密機械なんだから、水分とか砂糖には弱いことぐらいは基礎知識です。気をつけて欲しいですね」かなり強い調子で言われてしまった。当時のかなりこたえた記憶がありありと蘇る。

しかし、この失敗だけは誰にも言いたくなかったので、笑いながら受け流した。

「何言ってるの。パソコン使わせたらこれでも、かなりのものなんだから」

「お母さんに出来るのは、せいぜいソリティアとかフリーセルぐらいでしょ」

「あら、あなたもフリーセルするの？　後で教えてね」

「私はしないわよ。うちにはパソコンないから。おばあちゃんがするのよ。桃太郎くんのおばあちゃん。会ったことあったかしら」

「あの80歳で海外旅行が趣味の」

「そうそう、あのおばあちゃん。あのおばあちゃんが好きなのよ、フリーセルが。死ぬまでにすべてのパターンをクリアするのが夢なんですって」

「すべてのパターンって何種類ぐらいあるの？」

「3万2千種類とかよ、難しくてクリアできない番号をお義父様や叔父様に伝えて、どうやったらクリアできたかなんて教えてもらったりしているみたいだけど」

「へえ、すごいのね」

小波はますますフリーセルに興味を持ってしまった。

●

月曜日、伝言板には「最初に出社した方へ：先ずサーバのパソコンを起ち上げ、プリンターをセットアップしてから個人のパソコンを起ち上げてください」と大きな文字で書かれており、オフィスの鍵を最初に開けることの多い小波はしばらく馴れるまではゆっくり出社しよう、と本気で思った。今日はLANを起ち上げるために柾部長も乾課長もすでに出社していた。

小波がパソコンの電源を入れると、起ち上がる途中で見なれない『ログイン』という小さな画面が現れた。ユーザ名のところに『KAWANO』と表示されていて、パスワードの欄は空白である。近くにいた柾部長が、「とりあえず、そのままOKを押して入ってください。パスワードの設定の仕方は、元木さんに後でレジュメを配ってもらいますから」と言うので、OKを押してそのままログインした。

柾部長はうれしそうである。後で聞いたところでは、土曜日には配線のほうは順調に行ったのだが、サーバの設定に時間が掛かり、朝8時に始めて結局夜10時に仕事が片付いたそうだ。最終的な動作確認は次の日に部長がひとり出勤して行ったらしい。

ほどなく元木さんがやってきて、パスワードの設定方法を説明した紙を渡してくれた。それから、「ちょっと失礼します」と言って小波のパソコンのエクスプローラを起ち上げると、何やらてきぱきと操作をし、「サーバに『受渡し室』を作ったので、ネットワークドライブを割り当てておきますね」と断わった。きっと聞く人が聞けば、なんの落ち度もない完璧な説明なのだろうけど、小波にはちっとも分からない。どうしてこのコは2ヶ月も一緒に仕事しているのに、私が辞書を引きながらでも、パソコン用語が解読できないということに気づかないのだろう。

●**レジュメ**
物事の概要を簡単に説明してある書類のこと。たいてい紙ペラ一枚である。

●**ネットワークドライブを割り当てて…**
LAN上では、あるパソコン上のファイル、フォルダ、ドライブなどが、設定によって他のどのパソコンからでも使えるようになる。これを「共有」という。しかし共有先ではフォルダとドライブの区別がないので、ドライブとして扱いたい場合には、強制的に「ドライブだぞ」と指定してやる必要がある。共有されているのが実はフォルダであっても、それを仮見ると、エクスプローラの階層の下のほうにある『ネットワークコンピュータ』という青いところを元木さんがダブルクリックすると、するするといくつもの青い子供たちが現れる。その中のひとつ、サーバというところをクリックすると、今度は黄色い『受渡し室』という名前のフォルダが現れた。元木さんはその『受渡し室』を右クリックして、『ネットワークドライブの割当て』というメニューを選び、「とりあえずMドライブにしておきます。柾部長がマサのMにするようにって、たった今決めたので」と微笑みながら言い、Mを選んでOKを押す。

ちょうどそのとき、乾課長が足音も高く大変な勢いで近づいて来て、

「さざなみさん、すいません。受渡し室にワード文書が入ってるんですが、その最初の1ページ目の消火器って言葉が3ヶ所あって、それが胃腸の方の消化器になっているんです。大至急直してプリントしてくれませんか」と言い残すと、カバンを小脇に抱えたまま急ぎ足でプリンタの方へ向かっていった。

小波が出来たばかりのMドライブをダブルクリックすると、中に『川野さん

想ドライブとして扱うこともできる。やってみると何かと便利。

へ』という名前のフォルダがあった。中にあるファイルを開けてみると20ページほどのワード文書で、確かに消火器であるべき所が消化器になっている。横で見ていた元木さんが小波のもたつく様子を見かねて席をかわってくれる。

「今朝、一番の報告会らしいので乾課長、あせってるのね」と言いながら、編集メニューから『置換』を選び、上段に『消化器』、下段に『消火器』と風のように入力すると、『すべて置換』のボタンを押した。すぐに『文書の検索が終了しました。7個の項目を置換しました。』というメッセージが画面に現れた。

「課長、『消化器』は7個ありましたよ。今プリンターに送りました」と、元木さんが向こうにいる乾課長に声をかけた。

乾課長は聞き取れたのかどうか分からないが、こちらに向かって手を振りながら今度はコピー機の方へ走って行った。

柾部長がLANを組むとフロッピーでの受け渡しがなくなるので仕事がスムーズに流れると前々から言っていたが、こういうことだったのか、と小波は新しい体験に時代の先端部分に触れたような嬉しさを感じていた。

●置換
置き換えること。一般に、文章の中である一定の語句を一律に別の語句に置き換える時に使われる機能。

小波のパソコンメモ ⑥　コピーと貼付け

※ エクスプローラ

エクスプローラではパソコン内のすべてのファイルを
見ることができる。ファイル(文書)のコピーを別の場所に
うつしたり(貼り付けたり)、削除したりできる。
大切なファイルを削除するとパソコンが動かなくなって
しまうこともあるので削除は絶対しないこと。
削除するときは削除したいファイルを一度クリックしてから
「Delete」キーを押す。

部長や課長が削除しても良いと言ったファイルだけ削除

一度クリックというのは
それを「選択する」ということ

※ エクスプローラの起動

エクスプローラは画面の左下の「スタート」を右クリックして
エクスプローラをクリックして起動する。

同じ「スタート」を右クリックしたメニューの「開く」の
「プログラム」中でエクスプローラの「ショートカット」の
コピーを作ってデスクトップに移しておくと、
それをクリックすれば起動するので便利。

ワープロソフトを使っているとき(たとえば『ワード』等)、
コピーしたい文章を範囲指定して (ドラッグして)、
コピーと貼付けのボタンを押してコピーしたい文章を
好きなところにコピーすることもできる。

マウスの左ボタンを押したままカーソルの位置を動かすこと。これをやるとなぞったところの色が変わり(反転するという)、範囲を指定できる

コピーボタン

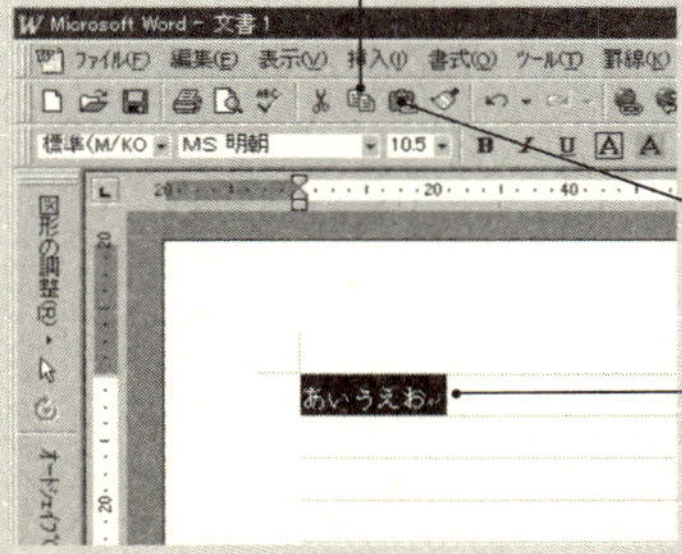

貼付けボタン

ドラッグされている
(黒く反転している)

7　クレジットカードでi-Macにインターネット！

その日は午前中から玉置さんの仕事を手伝うことになっていた。クライアントに指定された条件の試作品を使用テストしてもらうために、テスト品・アンケート用紙・使用説明書・お礼のギフト券・返信用の封筒を同封して宅配や郵パックで発送する作業の手伝いだ。朝から玉置さんはリクリエーターや外注先の調査会社からメールやファックスで送られてきた名簿の整理に忙しそうで、その間にコピーを取ったり梱包に必要な封筒類などの準備をしていく。昼過ぎの便でテスト品が届くということで、それまでの準備はそれこそ猫の手も借りたいほど忙しい。玉置さんの指示に従い手順を間違えないように、封入する書類類を確認しながらの流れ作業が続く。テスト数が100の単位を超える時はアルバイトの女子学生が数人、朝から出社しているが、今日はそれほど多くないようで小波は黙々と玉置さんと二人で作業をこなしていた。

「図書券は2回数えて、枚数に間違いないか特に確認してから封入してくだ

●リクリエーター
調査の条件に合う対象者を生活者の中から探す役目を持つ人で、調査員はその名簿に従い調査を実施。リクルートという言葉が社員採用や会社名で浸透しており、混乱を避けるために命名された。

さい」若いのに手慣れた指示に圧倒されて、小波はいつものように軽いおしゃべりが口から出てこない。

最後に整理された名簿に基づき、宅配便の伝票にボールペンで強めに書き写す。

「ファックスの名簿はさざなみさんが書いてください。わたしはメールで来た名簿の方をやりますから」とはいうものの、ファックスで送られてきている名簿の数の方が多く、手書きの名簿の方が多いように思われた。ざっと名簿の数を数えていると、玉置さんが恥ずかしそうに声をかけてきた。

「手書きの名簿は、崩し字が読めなくて。名前を間違えてしまうと相手に失礼になるので苦手なんです」

玉置さんにも苦手なことがあるのか。急に親しみを感じたが、今の若い人はパソコンの活字に馴れきっているのだろうし、手書きで文字を書くことも少ないのだろう。いずれ崩し字もこの世を去る代物なのかと世代の差を強く感じる。

「リクリエーターの方って年代はいくつぐらいの方が多いんですか？」

「20代から50代の方まで、いろいろですよ。20代のＯＬ対象の時は全部メールで名簿が送られてくるので全然かまわないけど、50代の主婦の時は全部手書きで来るんで、いつも読めなくて苦労するんです」いかにも困ったようにその50代の名簿を示したが、小波にしてみると羨ましいと思うような達筆で書かれたものである。玉置さんとの距離を実感した小波は、この機会にインターネットやメールの話を教えてもらおうと話題を変えた。伝票に手書きで写すのは小波にとっては手慣れた仕事なので、急に口も軽くなってしまう。

「玉置さんは自宅にもパソコンもっているの？」

「もちろんですよ。うちの会社の人は全員そうじゃないですか。渡辺くんは別だけど。メールアドレスも会社と同じのを使っているので休みでもメールはチェックしているみたいで、気が楽ですよ」

「もちろんインターネットもやっているわけね」

「今や常識でしょ、クライアントの情報もホームページで必ずチェックしているし、アンケートもしょっちゅうやっているので必ず答えているけど、いつも偽名ね」

さすがに、かなり使いこなしている様子だ。

「わたしも自分専用のパソコンが欲しいな。処理速度はともかく、邪魔にならないデザインのが欲しいの、そしたらいろいろ試せそう」

玉置さんとの会話がしばらく続くうちに、渡辺くんや梅咲さんが作業机の周辺に集まってきていた。

「それならB5のサブノートでしょう」小波の発言をとらえて、渡辺くんがすかさず言った。

「でも、さざなみさんはオールインワンじゃなきゃ困るでしょ」

「ホールインワン？」

一瞬皆が沈黙する。

「…ねらいすましたようなリアクションですねえ」梅咲さんはなぜか関心している。

「ゴルフの話をしているのではなく、パソコンの話ですから。オールインワンっていうのは、必要なものが一通り揃っているってことで、たとえばさっき渡辺くんが言ったB5のサブノートだとCD-ROMドライブが付いてなか

●B5のサブノート
B5サイズではメインマシンとしてバリバリ使うには小さいので、こう呼ばれる。
●CD-ROMドライブ
シーディー・ロムと読む。最近はこのCD-ROMを回すだけでなく、CDやCD-ROMを作ってしまえる（なぜか「CDを焼く」という）機能のついたCD-R（CDレコーダという意味で、シーディー・アールと読む）ドライブが主流。また、音楽CDとCD-ROMは別のもので、普通の音楽CDプレーヤでCD-ROMを回すと異音・轟音が出て、何が起こるかわからない。注意しよう。

ったりするんですよ。モデムはついているのかな」

「むしろモデムは最近必ず付いているでしょう。通信できないんじゃ今どき売れないから」

「そうかな、LAN環境で使う前提で、最近はモデムよりネットワークアダプタが付いている事の方が多いような気がするけど」

「いや、一般大衆にはまだまだLAN環境というのは。B5だったら、やっぱりモデムですよ」

「ところで、さざなみさんは、家でEメール送ったりしますか」

「Eメールってみんなが使っているのを見ていて便利だなと思ってるんですけど。家のでもできるのかしら。Eメールで元木さんは就職活動したと聞いているので、どんなものなのかやってみたいんだけど、どうすればいいのか分からないんです」

「まずプロバイダに登録することですね」と渡辺くん。

「プロバイダっていうのはインターネットのサービスを提供しているエージェントのようなもので、普通そこに電話回線でつないで、そこから先は世界

●LAN環境
パソコン同士をケーブルで繋いでいるぞということ。お隣があたかも自分のパソコンの延長のような存在となる。

●ネットワークアダプタ
LANに必要なケーブルの差込口をパソコンに追加する部品。今となっては標準装備であることも多い。

中につながっていくっていう状態で利用するんです」と、梅咲さん。

「このあいだ雑誌で読んだんですけど、プロバイダって色々あって料金設定もややこしいんでしょ」

「毎日、何時間もインターネットを利用する人ならともかく、さざなみさんならパソコンにプレインストールされている大手プロバイダの加入ソフトとかでそのまま登録してしまってもかまわないんじゃないかな。普通の従量課金制で。1ヶ月に二千円以上接続するとは思えないし」

「それはわかりませんよ。さざなみさんはけっこう自由になる時間が多い人なんだから。それにエッチなサイトにはまるかもしれないし」

「…渡辺くん。君じゃないんだから、川野さんに限ってそんなわけないでしょ。失礼だよ」

「あの、プロバイダの加入ソフトって何なんです」

「最近のパソコンを買うと、OSがすでに入っていて、たいてい空じゃなくて他にも色々なソフトが入っていたりするでしょ。それがプレインストールってやつなんですけど、その中にたいてい『お試しインターネット』とかいう

●従量課金制
接続している時間に応じて課金されるシステムのこと。1分につき5円、などと決められている。これに対して、20時間までなら2000円、とかいう定量定額制、何時間接続しても3500円などという完全定額制がある。これらはインターネットに接続するためだけの手数料で、これプラス接続しているプロバイダまで電話をかけているわけで、その分の通話料がかかる。NTT以外の電話会社が主催しているプロバイダなどでは電話代もコミで接続料金を設定しているものもある。

名前のアイコンが何種類かあって。そういうのは大手プロバイダが最初の20時間は無料でインターネットにつなげますみたいなことで、パソコンを電話につないだ状態でそういうアイコンをクリックして指示通りに進んで行くと、そのうちクレジットカードの番号を聞いてきたりして、いつのまにかそのプロバイダに登録してしまうことになるんですよ」

「クレジットカードの番号がいるの?」

「ええ、例外もありますけど、普通インターネット関係の支払いはカードから引き落とされるので」

「私、クレジットカードなんて持ってないわ。そういえば、この会社に初めて来た日、法人カードを作るからといってサインして、その後、社長は何もいってないけど、どうしたのかしら。もう5ヶ月も経っているのに…。メールを覚えたら出社しなくても済むからといわれたような気がしたけど…」渡辺くんは聞こえなかったのか、法人カードのことには触れずに、

「今まで必要無かったというのは珍しいですね。デパート系のクレジットカードなら入会金も年会費も大体無料だから、女性だったら1枚や2枚必ず持

●法人カード
クレジットカードには個人契約と法人契約とがある。法人契約は、会社の口座から引き落とされるので、仕事関係の必要経費を法人カードで決済する。社員が立替払いする必要がない。

っている印象がありますけどね」

そう言われるとかえって負けるものかという気になってしまう。

「いいわ、明日目についた最初のデパートでクレジットカード作って、その足で秋葉原行って、そのカードでノートパソコンを2回払いくらいで買ってこようっと」

「秋葉原はやめた方が…」

「どうして」

「あそこ、なれない人が行くと道に迷うし、クレジットカード出すといやな顔をするし、この間T-ZONE新宿店に行ったんなら、そこで買ったら？…それで結局、B5にするんですか、A4にするんですか、そのノートパソコン」と渡辺くん。

「B5にしようかと思うんだけど」

「CD-ROMドライブが付いてないと、何か新しいソフトを入れるとき不便ですよ」と梅咲さん。小波はソフトのことよりもインターネットの方に気を取られていたので、それはあまり気にならなかった。

●CD-ROMドライブが付いてないと、何か新しいソフトを入れるとき不便…
アプリケーションソフトに限らず、最近の雑誌についている付録ソフトなどはだいたいCD-ROMである。小さなノートタイプのパソコンではCD-ROMドライブが外付けだったり別売だったりするので、いちいちそれを接続しなければならない。

「わたしの自宅でインターネットにつなげられたら、そのコンピュータを持ってきて、会社でも同じように使えるんでしょうか?」つい先ほど聞いた玉置さんの話はあまり理解できていなかった。

「インターネットに繋ぐプロバイダが、会社が契約しているところと同じだったら簡単でしょうね。ホームページの閲覧を別にすれば、最近はフリーメールといって無料で契約できるプロバイダもあるので、そこと二つ契約すれば大丈夫でしょう」

「フリーメールって」

「フリーってのはタダってことですね。広告メールを受け取ったりすることを条件に、無料でメールアドレスがもらえるサービスです。最近増えてきたけど、マイクロソフトのホットメールとかね。これは一度ホームページにつながらないと駄目みたいだけど。海外とメールのやり取りしている人はフリーメールと契約している人が多いので、お宅のご主人だったら他のフリーメールのこともよく知っているんじゃないの? そしたらクレジットカードがなくてもご主人のですますことができるし」

●**ホームページの閲覧を別にすれば…**
よく誤解されるが、ホームページを見ることとEメールのやりとりをすることは別のこと。たいていの人がよく使うIE『InternetExplorer®』はブラウザといって、本来ホームページを見るためのソフト。ただ、メール送受信を司る『アウトルック・エキスプレス』も当り前のようにブラウザに連動するのでいっしょくたに考えがちである。こういったブラウザがなくても、『ユードラ』などEメール関係だけに特化したメーラーと呼ばれるソフトもある。

「本当は会社で契約してもらって、それを自宅で使う方がいいんだけど」と小波は渡辺くんに無視された話を再度こだわって、梅咲さんに聞いてみた。

「ううん、それは無理でしょう。中村社長が嘆いていましたよ。『川野さんのクレジットカードを申請したら、数日後取引銀行の担当者から2年分の決算書を出さないとだめで、債務超過の状態では法人カードそのものが取り消しになる可能性があると脅された』なんて言っていたからね」この話、社長はあまり社員には聞かせたくないと思っているらしいけど、と付け加えながら、話は続いた。

「バブルのころは、嫌だ嫌だ、と断っても銀行からはこれでもか、これでもかという感じでクレジットカードに加入させられたもんだけど。時代が変ると今度は取り消すなんて脅すようになっているんだからね」

●

次の日、『有言実行の女』川野小波は、まず渋谷西武へ出かけた。だいぶ前

●フリーメール
最近、Eメールアドレスをタダで使わせてくれるサービスが増えてきた。接続サービスではないので、何とかしてインターネットに接続できないと使えない。メールソフトを使わず、ホームページ上で操作できるものが多いため、違うマシンからでも特別な設定なしに自分のメールをチェックすることができる。タダなので気軽に始めたり辞めたりでき、匿名での勝手なふるまいも可能(?)。

に人からセゾン・カードは即日発行だ、と聞いた記憶があったからだ。

7階のカードの受付で、まず申込書に記入し、銀行口座の番号と印を押し、係の女性に渡した。しばらくすると、身分証明書はお持ちですかと聞かれた。小波はなんとなく非現実感におそわれながらも、昨日梅咲さんから持っていった方が良いと言われていたので、保険証を持ってきていた。

保険証を手渡すと係の女性は「ご主人はお勤めですか」と尋ねた。

「はい、勤め人ですが」

「勤続年数は何年ほどになられますか?」

小波はちょっと考えてしまった。

「えーと、31年、32年かしら」

「お手数ですが、こちらのお勤め先の欄にご主人の会社も一緒にご記入していただけないでしょうか」

「あの、パートだとカード作れないんですか」

「パートでは作れないという訳ではないのですが、審査を通さなければならないので、即日発行は無理になるんです。ご主人の勤め先をご記入いただければ、すぐにカードをお作りできるのですが」

「引き落としの口座は主人のでなくても良いのですか？」

「ええ、それは結構です」

小波はしばらく悩んだ。わざわざ即日発行するつもりで銀行印や保険証まで用意してきたのに、即日発行されないというのは悔しい。しかし、夫に無断で勤め先を記入するのも気がひける。特にクレジットカードを作ることを夫に秘密にするつもりはないのだが、断わり無く記入してしまうのは、何だか軽はずみな気がする。とりあえず、携帯電話から夫の会社に連絡して、夫の了解をとろうか。でも、仕事中にこんなことで邪魔してしまうのも、また気がひける。夫の携帯電話は仕事中は電源を切っていると言っていたし。

ちょっと考える時間が長すぎると自分でも不自然に感じた小波は、とりあえず断念することにした。今夜夫に相談しよう。マーケティング会社のパートでは一人前として世間は認めてくれないことを思い知らされたことがちょっと悔しいが、法人カードもつくることができなかったらしいので、いたしかたないと諦めた。

「すみません。主人と相談して出直してきます」小波は正直に言った。

小波は帰りの道々、何度も携帯電話の夫の短縮番号を呼び出し、かけようかかけまいかと迷っていたが、留守番電話に入れておいた方が今夜話しやすいかもしれないという考えが浮かぶと、あまり周囲に人がいないのを確かめながら思い切って電話した。

思えば、教授の退官記念パーティの時、町田さんにかかってきた携帯電話が羨ましくて、最初のお給料で迷わず買ってしまったのだった。仕事をすると留守がちだから携帯電話があった方がいいと夫も前後して買ったのだが、一度もお互いにかけたことはないし、かけないと困るほどの急な用事もなかった。初めの頃、自宅で操作を覚えるためにお互いにかけて確認して以来のことだった。

「自宅でインターネットをやりたいので、先ずクレジットカード作りたいんだけど、あなたの了解が必要です。よろしく」とボソボソと小さな声でしゃべるとシャープマークを押して電話を切った。

●シャープマーク
携帯電話などで留守番電話サービスを利用すると、メッセージを録音した後に＃の印のついたボタンを押して終了するように言われることがある。

夫の反応は案外に早かった。帰宅すると、すぐにスーツから名刺入れを出しながら「クレジットカードつくるとき、この名刺を出したら」と言って名刺を1枚渡してくれた。小波は夫の名刺を見たのは結婚してから初めてのような気がする。何とメールアドレスまで載っていて、Hkawano@hamana.co.jp とある。夫の会社は浜名運輸というのだ。

「あら、肩書きが経営企画室長になってるわよ」小波はふと気づいて聞いた。

「半年前に出来た部署だよ。言ったじゃないか、ぼくが初代室長だって」

「憶えてない」

「あなたは働き出したばかりで自分のことで夢中みたいだったからなあ」

本当に全然記憶になかった。

「なんなのこれ、どんな仕事をしているの」

「4人ほどの小さな部署で、席は営業本部のすぐとなりなんだけど、所属としては人事部になるんだ。人は『リストラ室』なんて呼んでいるよ」

「リストラ室!?」

「僕がリストラされる訳じゃない。ひとことで言えばリストラの計画を立てる部署だな。まあ、実際は営業と人事の調整に追われているだけだけど」

「あなたが首きりの計画を立てているの」

「うちは人員整理は行わない予定だ。いくつかの部門を独立させて子会社にする必要はあるけど。1年後にはぼく自身も子会社に出向の形を取るかもしれない。言葉の本来の意味での組織のリストラクションを目指しているんだ。先日の役員会でも首きりはしないことが確認されたばかりだ」

『言葉の本来の意味で』というのはこの人の若いときからの口癖だった。地味であまりしゃべらないのに、自分の言ったことには責任を持とうとする態度が男らしくて好きだった。そう、私のほうが先に好きになったのだ。あの無口な先輩を。

もしかしたら、機会を見つけて私から話しかける前に私のことを気に留めていて、かわいいコがいるなあぐらいには考えていてくれたのかもしれないが、そんなこと聞いてみなけりゃわからない。ほんと不思議。奇跡みたい。

●リストラ
リストラクションの略。言葉の本来の意味は「構築し直す」ということだが、一般的には企業が経営が苦しくなったとき、まず最初に社員の数を減らして経費の削減をはかることをさす。

30年もいっしょに暮らしているのに、聞いてみなけりゃ、相手の考えていることなんてわからない。

好きな人と結婚して、子供が生まれて、数え切れないぐらい言い争いしながら、子供は育ち、巣立って行った。本当にどうしてこんなことが可能なのだろうと思いながら食卓につく。

夫がビールを一口飲み干すと、

「いよいよインターネットを始めたいんだったら、思い切ってISDNに切替えようか。子供達ともいずれメール交換ができるだろうし、ホームページの写真を見ながら孫と電話で話すなんていうこともあるだろうし」

「孫なんていつのことやら。小夜子だってフラワーアレンジメントに夢中だし、特にタッ君なんて結婚する気配もないじゃない」

「お前がいつまでもタッ君なんていっているからだよ。あいつもそんな呼ばれ方したらゾーっとするぞ」

「本人の前じゃいいませんよ」大体いつもこんな感じで二人の会話は途切れてしまう。

●ISDN
モデムで接続するのに比べてもっと早い速度でデータの送受信ができるNTTのデジタル回線のこと。これを引くと、電話回線の他にもう一本回線が増え、インターネットに接続しながら電話で話したり、ファックスを使用したりすることができるようになる。ISDNにすることによってモデムのかわりにTAやルータと呼ばれる機器が新たに必要となる。詳しくはNTTに問い合わせるとよい。

ついに買ってしまった。小波は朝から落ち着かなかった。買ってしまったといっても、別に「しまった！」と思っているわけではない。とにもかくにも、昨日買ったパソコンが今日届くのである。買い物をして、それが家に届くのをこれほど待ち遠しく思ったこともない。考えてみれば、本当に、これほどのお金をかけて自分のために買い物をしたのも何年ぶりだろうか。久しく忘れていた感覚ばかりをこのところは感じている。

昨日、やはりパソコンを買いたいという欲求は捨てられず、かといってどれにするとは決められないでいる小波は、再びT-ZONE新宿店へ足を運んだ。本当のことを言えば、あの元木さんのとこ（といってもまだ働き出してもいない会社だが）の親会社の、水色で薄型のコードレスのパソコンが欲しいのだが、値段的にまったく無謀と言える。

T-ZONE新宿店は前に行ったときより混雑していた。到着早々、前は128000円だったiMacが108000円になっていることに気づいて

●T-ZONE…第5章とこの章で描かれる値段設定や店員の対応、説明書の構成などの諸事は、実際のT-ZONE新宿店とアップル社、iMacとは直接には何の関係もないことをここではっきりお断りしておく。値段などは時間がたてば変更されるし、様々な量販店で様々の価格がつけられている。iMacのモデル自体も変遷しているわけで、ここでは一応333と呼ばれるものがベースになってはいるが、特にどのモデルであると明確に定義することとは避ける。細かいデータや変動する諸事について、読者が

しまった。もうこうなっては、小波を押しとどめるいかなる力も地球上には存在しなかった。小波はタンジェリンのｉＭａｃをクレジットカード2回払いで購入し、初めは梱包してもらってそのまま持って帰ろうとしたのだが、一時的には持てないというほど重くないものの、乗り換えも含めて1時間近くの道のりを踏破するにはあまりに重量がありすぎると判断して、宅配にしてもらったのだった。

クレジットカードで2回払いにしなくても、小波は長年貯めたへそくりがあったので、10万程度の支払いは1回でもどうにかなったのだが、この6ヶ月間にもらった給料の残りは10万に満たない。それを思うと一気に払ってしまうことはためらわれた。

月に8万程度は受け取っているわけだが、週に3、4日会社に出ていると、弁当を持って行っているとはいえ、交通費やその他の雑費でけっこう支出は多い。どうも中村社長にいいようにこき使われている気がする。同時に何の経験もない自分を使っている社長は太っ腹だと思えることもある。世の中にはわざわざ月謝を払ってパソコン教室に通う人もあるぐらいだから、ほとん

この文を読む時点の状況とこれらの記述は必ずしも一致しない。細かい数値や機能説明、操作説明についてはここに書かれていることと実際には異なることがある。あくまでここでの記述は目安として読んでほしい。

ど残らないとはいえ、給料をもらいながらパソコンのことを皆に教えてもらえるなんて贅沢だ、こっちがお金を取りたいぐらいだ、と社長が考えたって不思議ではない。

そんな風に考えて納得しようとすることもあるのだけれど、それでも手元に残る金額を思うと時々妙に腹立たしい気分になる。

ともあれ今日はｉＭａｃが家に来る日。小波は朝食の後片付けが済むと、掃除がてら居間のテーブルの位置を変えたり電話のモジュラージャックの位置を確かめたりしながら、パソコンをどこに置けば部屋に映えるか、楽しく頭を悩ませた。

ｉＭａｃが届いたのは午後1時すぎ。梱包を開いて本体をテーブルの上に置く。本体はけっこう重く、箱から出すときに骨が折れた。売り場で見ていたときよりずっと大きく感じる。それから付属品をテーブルの上に並べた。説明書《マニュアル》を見ながら付属品が全部揃っているか確認した。

説明書の通りにキーボードとマウスを本体につないで、電話のコードを居間のモジュラージャックにつないだ。それから電源を入れた。何も起こらない。もう一度電源ボタンを押してみた。やはりうんともすんとも言わない。小波は説明書の最初の方のページを見て、電源ボタンの場所を確認した。やはり右下のこれが電源ボタンだ。ウィンドウズなら電源ボタンを押せば起動するのにマックだとやり方が違うのだろうか。どこかにマッキントッシュを起動する、とでもいうメニューが隠れているのだろうか。それにしたって電源が入らなければどうしようもないではないか。

小波は説明書をぱらぱらめくってみたが、皆目見当がつかない。目次を見ただけで頭が痛くなってくる。機械は苦手だし、自慢じゃないが説明書はきらいだ。

そこで説明書についているサポートの電話番号に電話してみた。何度鳴っても出ない。小波は30まで数えて切った。再び同じ番号に掛けてみたが、やはりコール音が鳴りっぱなしで誰も出ない。

そこで今度は宅配便の伝票に記入されているT－ZONEの電話番号に掛けてみた。今度はすぐに若い男性の声で「はい、T－ZONE新宿店です」と出た。

●説明書をぱらぱらめくってみたが、皆目見当がつかない
落ち着いて最初から説明を丹念に読んでいけば、電源コードをつなぐ説明を見つけることができたはずである。実際には別にセットアップのためのシートが用意されているなど、iMacの取り扱い説明書にこういった不備があるわけではないので、念のため。

●サポートの電話
こういったサポートの電話というのは、限られた時間の間に問い合わせが集中するために、なかなかつながらないというのはよくある話である。

「すいません。私、お宅でiＭａｃを買った者なんですけど」

「はい、お買い上げありがとうございます」

「それで、今届いたんですが、電源が入らないんですが」

「そうですか。本体の右下に電源ボタンがあるので押してみてください」

小波は言われた通りもう一度押してみた。

「何も起こりません」

「画面になんの変化も起こりませんか」

「はい」

「では、今度はコンセントが外れてないか確認してください」

一瞬言葉を失った。受話器を落としかけたが、しかしすぐに態勢を立て直して言った。

「はい、原因がわかりました。…本当にどうもありがとうございました」お礼を言い終わるのと同時に、あわてて受話器を置いた。胸がドキドキする。

自分でも顔が赤くなっているのが分かる。電源コードがささっていなかった。

電話のコードをモジュラージャックにつなげるのに夢中になっていたので、

電源コードのことがすっかりお留守になっていたのだ。「コンピュータ、電気なければただの箱」と正月には何年もやっていない書き初めでもして、壁に貼っておこうと小波は心に誓った。

本体につないだ電源コードを近くのコンセントに差込み、今度こそはと電源を入れると画面に変化が現れ、iMacが起ち上がり始めた。この起動するときの待ち遠しい感じは、ウィンドウズとあまり違いがない。ただ、起動し終わると思った画面では自動的に映画のようなものが始まり、その質問に答えてキーボードやマウスを操作するうちにOSの設定が終わってしまった(らしい)。続いて、お待ちかねのインターネットへの接続設定が始まる。「インターネットに接続しますか?」といういきなりの質問が画面に現れたので、小波はぐっと詰まってしまった。このまま接続して本当に良いものだろうか。接続したのはいいが、地球の裏側のとんでもないところにつながって電話が切れなくなったらどうしよう。またT-ZONE新宿店に電話で問い合わせようとも思ったが、先ほどのことを思い出すと顔から火が出そうだ。

結局会社に携帯を使って電話してしまった。まだ2時なのでそんなに忙し

●「インターネットに接続しますか?」
実際の設定ではこの後「接続しない」ことを選ぶと、「本当にそれでいいのか」というような念をおされるかのごとき質問を再度投げかけられ、ユーザーはますます困惑するか、笑い出すか、決然と接続しないことを決断するか、三つに一つを選ぶことになる。

い時間帯ではないはずだ。もっとも淡河くんが今日社内にいるかどうかわからないが。

電話に出たのは渡辺くんだった。

「あっ、さざなみさん。どうしたんですか」

「ちょっと困ったことがあって。急用ってほどでもないんだけど」

「今週のグルインのことですか」

「仕事のことじゃなくて。ちょっと個人的なことで」

「ほお、ではこの不肖渡辺が、昼下がりの人妻のアンニュイな悩みをうけたまわりましょう」

「いったいどこをどう叩いたらそんな妙な言葉がでてくるの」

「それで一体何が起こったんですか。バナナの皮ですべってころんで腰を痛めて立ち上がれなくなったとか」

「なんなのよ、それ」

「いや、さざなみさんだったら、そんな昔の漫画みたいなことも平気でできるんじゃないかと思って」

●グルイン
グループインタビューの略。GIの詳しい内容については、マーケティングリサーチ関連の本を参照のこと。

「まったく、いつまで経っても話がすすまないわ。ちょっとiMacの使い方がわからないから淡河くんに替わって」

「iMacって…さざなみさん、インターネットカフェかなんかに居るんですか」

「家にいるのよ。iMacを買ったの」

「おおおっ！」と渡辺くんは吠え、電話の向こうで何か声高にしゃべっている。遠くの方で「課長、この調査、対象はディンクスですか？」という玉置さんの声が聞こえる。課長が何か答えたようだがよく聞き取れない。みんな仕事をしていると思うと何だか自分だけが仲間はずれになっているようで、小波は少しさみしい気分になった。

「電話替わりました。淡河です」淡河くんが電話口に出た。

「お疲れさまです。忙しいところすみません」

「さざなみさんがiMac買ったけど電源の入れ方がわからないって、渡辺くんが騒いでますけど…」

う～ん、痛い所を突かれた。しかしここは平静を装うことにする。

●インターネットカフェ
インターネットに接続しているパソコンを開放している喫茶店などのこと。店によって使用料の設定はいろいろである。

「電源は入ったんだけど、インターネットに接続ってところでどうしたらいいかわからなくなって」

「そうですか。ちょっと待ってください、今、席を替わりますから」と電話が保留になった。しばらくしてまた淡河くんが電話に出た。

「いま、マックは起動していますか。ところでこの電話は?」

「はい、携帯を使って今パソコンの前に居ます」

「ひょっとして、電話線をつないでいないのかなと思ったもんで。そこまではできたんですね。それなら、iMacはモデムが内蔵されているので設定する必要はないし、今おそらくやっているのは『インターネット接続アシスタント』ってやつだと思うんですが、それで画面で言われる通り接続の設定をしていけば、問題はないはずですが」

「いま、そのアシスタントさんに『インターネットに接続しますか?』って聞かれているんですけど」

「えっと、さざなみさん、インターネットを本当に利用するつもりなら、そこでは『はい』をクリックして次に進んでいいんですよ」

その一つのボタンを押すのにこんなに勇気がいるとは。それでも、淡河くんという一人の人間に押していいのだと言われるだけでだいぶ気分が楽になるのには驚いた。人間って、コンピュータに何を言われても、やっぱり人間を頼りにするのである。

「はい」と言って小波は素直に『はい』をクリックした。

「…今度は『インターネットのアカウントをすでにお持ちですか？』って言ってます。アカウントって何でしょう？」

「さざなみさんは、もうプロバイダと契約してるんですか？」

「いいえ、まだ」

「じゃ、それは『いいえ』をクリックです。新規何とかっていうボタンがあれば、それです」

「いくつかボタンがあって…、新規登録…ああ、これね」

「…と、小波さん、ところで、クレジットカードは持ってますか？」

「あっ、そうそう、作ったんですけど、ハンドバッグの中だわ」結局、夫の名刺を添えてあっけなく即日発行してもらったセゾン・カード。

●アカウント
「ＩＤ」と同義。インターネットやＬＡＮに接続したり、利用したりできる権利のことをいう。接続アカウントとメールアカウントは本来別々でもいいのだが、それだとややこしいので、プロバイダは両方に同じアカウント名をつける（abc@〜.ne.jp の「abc」の部分）。フリーメールが利用できる所以である。ではメールアカウントとメールアドレスはどう違うか？　答え＝同じもの。

「クレジットカードの番号をどこかで打ち込まなければならないはずなので、手元に出しておいたほうがいいでしょう。それと、どこのプロバイダにするとかはだいたい決めているんですか？」

「みんなはとりあえず会社で契約しているプロバイダがいいんじゃないかって言ってたのでメモをとってますが…」小波は急いでハンドバッグの中を探った。

「そのまま接続アシスタントの指示に従っていけば自動的に電話をかけて、インターネットに接続するはずです。ただ、そこですぐにあっちこっちのホームページを見に行けるわけじゃなくて、数社のプロバイダのリストを選ぶところにたどり着くわけです。そこの選択リストに載っていないプロバイダと契約するには、そのプロバイダがただで配っているCD-ROMを使うとか、また別の方法で接続しないといけないんですが、たぶんうちで契約しているプロバイダは結構大きなとこですし、リストにも入っているでしょう。パスワードとIDをもらって、あとは指示通りにやっていけば簡単ですよ。ただ、これだけは覚えておいてください。IDは世界でひとつの自分の名前みたいなもので人に教えないと連絡がとれませんけど、パスワードは滅多なことでは人に教えちゃいけないものです。パスワードとＩＤの違いは間違えないようにしてください。登録の時は別ですけど、パスワードは自分以外の人に提示を求められたりすることはあり得ませんからね。リストに会社のプロバイダが入ってなかったり、またわからなくなったら電話ください。今日は19時までは社内に居ますから」

「忙しいところ、お邪魔してごめんなさい。どうもありがとうございました」

「あと、さざなみさんち、ファックスありますか」

「いえ、ないです」どうしたことか、最近は普通の家庭でもファックスがあるところが珍しくないようだ。

「ちょうど少し前にマック初心者のためのレジュメを作ったので、それをファックスして見てもらえば基本的なことは把握できるんですけど…。まあ、それは明日会社に出てきたときにお渡ししましょう」

「本当にありがとうございました」小波は電話を切った。平日なのに家にいる自分がなんとなく不自然に感じる。

それからは順調だった。自動的にｉＭａｃが電話をかけた時にはちょっとドキドキしたけれど、画面にプロバイダを選ぶページが出た時には思わず手をたたいてしまった。会社で契約しているプロバイダはしっかりリストに載っていたので、あとは迷わず画面の指示を見ながら登録を済ませることができた。こんな達成感、何年ぶりだろう。

それにしても、乾課長はマックユーザーには連帯感とか仲間意識といったものが明らかにあると言っていたけど、確かにそんな感触が伺える。明日は淡河くんにお礼にお菓子でも持って行こう、と小波は思った。

小波のパソコンメモ ⑦ メールの送り方

これは会社で使っている『アウトルックエクスプレス』というソフトで、まず「ツール」のアカウント設定で接続先（プロバイダ）と自分のメールアドレスを登録しないとメール機能は使えない。

※ メールの作成

「Cc.」は「カーボンコピー」の略。
このメールを参考のため自分や他の人に送る場合に送り先を打ち込む。空白でもOK。

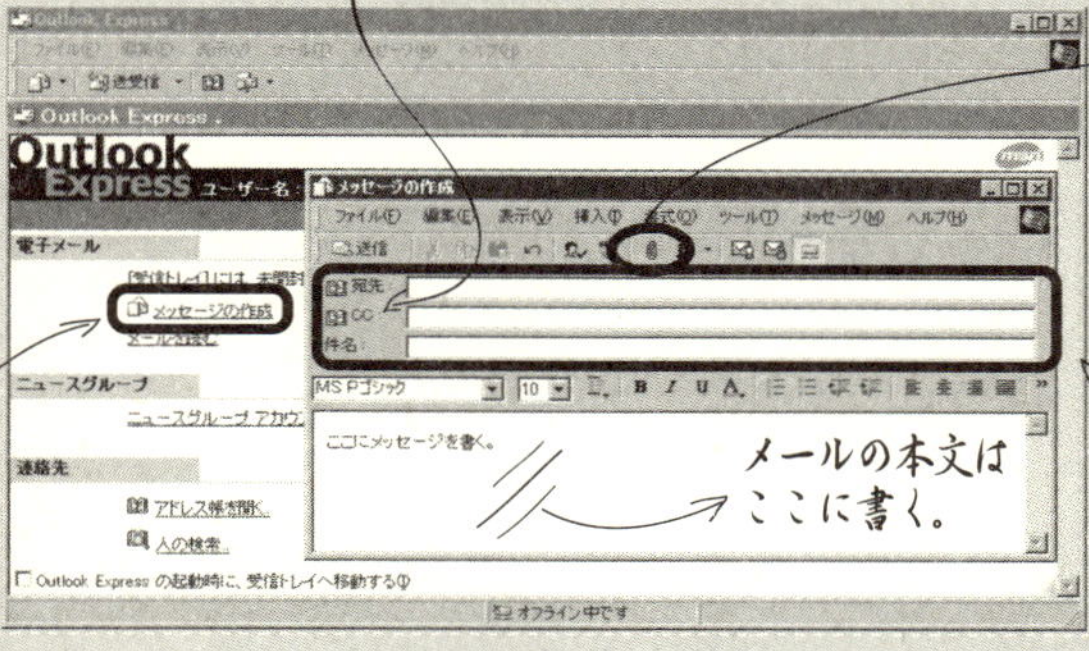

ファイルを添付するときのクリップ形「添付」ボタン

この時点ではまだ送信されていない。

1. 画面メニューのアイコンの中から「メッセージの作成」とか「新しいメール」というものをクリック。
2. 「メッセージの作成」画面が開くので、「件名」と「宛先」を記入。
「宛先」に直接メールアドレスを記入しても構わないが、「アドレス帳」に前もって登録しておいて、それを選んだ方が楽。
3. 本文を書き終わったら、左上の「送信」のボタンを押す。
書いたメールが「送信トレイ」に保存される。
4. 作成したメールに何かのファイルを添付したいときは右上方のクリップ形のボタンを押す。
エクスプローラのときと同様に送りたいファイルを選び、「添付」ボタンを押す。

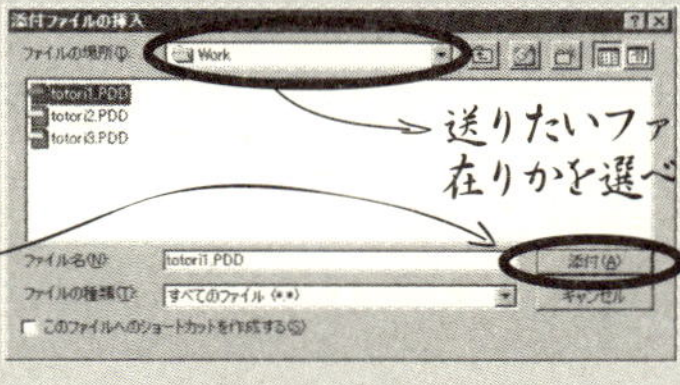

※ メールの送受信

画面上方の「送受信」のボタンを押すと、「送信トレイ」にあるメールが送信される。同時に、メールが届いていたときは「受信トレイ」にメールが保存される（クリックすると開く）。

8　Eメールで始める『ディンクス・アゲイン』

インターネットエクスプローラをダブルクリックすると、「電話をつなぎますか？」と聞いてくる。「はい」をクリックするとピポパポパ、トゥルルー、トゥルルーという音の後に、自動的に電話回線の繋がる音が確認でき、次の瞬間には賑やかな画面が登場した。

小波は思わずウワーッと歓声をあげた。これがWebサイト。しばらく何をしたらいいのかわからず、バナー広告が目まぐるしく動く画面に目を奪われたまま呆気にとられる。ウワー、ウワーと声をあげるばかりで、手が動かない。とりあえず「閉じる」をクリックした。

検索をするためのサイトとして、Yahoo（ヤフー）という名前がなんとなく耳に残っているが、今見たサイトがヤフーだったかどうかも確かめる間もなく、閉じてしまった。何が見たいのか決めて繋げないとどうしていいのか分からない。インターネットといえば、元木さんが就職先を見つける決め手となったことが強烈な印象として残っていて、どうやって探したのか、ま

●バナー広告
ホームページにはりつけられている小さな長方形のアイコンのようなもの。クリックするとそのホームページへ飛んでいく。

●Yahoo
あるキーワードを打ち込むと、そのキーワードが含まれるホームページをリストアップして見せてくれる代表的検索サイト。

ずは試しにやってみようと思い、再度、インターネットエクスプローラをダブルクリックした。サイトの文字の上にマウスポインターを合わせると指差しマークに変わり、さらにクリックするとページが進んでいく。思ったようなページでないと戻り、また進むというようにして、いろいろなところをクリックして眺めているうちに、小波は目次にリクルートという項目があることに気づいた。これだ！ クリックしてみると、来年度の正社員募集と共にアルバイトの募集も載っている。アルバイトの方は、週3日以上働ける人で、パソコンでローマ字入力ができる人、マーケティングの経験がある人歓迎、条件については能力により考慮する、詳しいことは担当者まで。どうにでも取れるようなことである。

正社員募集の方は、さすがにきちっとページをさいて、色々な条件や誘い文句が並べられていて、元気な会社らしいイメージを押し出している。でも、初任給はかなり抑えてある。

そこで、他の業種だと給与はどのくらいなのだろうと気になりだした。ヤフーの検索画面に戻って、『リクルート』で単語検索してみた。これだとヒット数があまりにも多く、役に立たない。小波は少し考えてから、『リクルート』『事務』『パソコン』の複数の単語で検索をやり直した。今度は登録と一致する内容がないと画面に出た。小波は検索キーワードを『事務系の募集』にしてみたり、いろいろ試してみた。やがて、どうした拍子か、事務系の募集がたくさん並んでいるサイトに行きついた。

スクロールしながら募集に眼を通すとまず年齢制限が多いのが気になる。35歳までというのが圧倒的に多く、加えて経験3年以上という条件も目を引く。業種にも拠るようだが、「パソコンになれている方」とか「表計算ソフトの使える人」とかいった記述も多い。『英語尚良』といったタイプのものもある。給与は月20万程度か、時給１２００円ぐらいのものが多いようだ。いずれにしても小波では初めから年齢的にお話にならない。

そんな中でひとつ、珍しく年齢を記してない募集があった。経験者優遇とも書いていない。高卒以上、英語の出来る方歓迎とあるだけだ。その募集の下のＵＲＬをクリックしてみると、社名が横文字の人材派遣会社のホームページに飛んだ。

●ヒット数
自分が打ち込んだキーワードに該当するサイトがあった場合、その該当数がヒット数。また、クリックする行動そのものもヒットということがある。

●スクロール
画面を下へと読み進むこと。

●URL
「ユーアールエル」と発音する。ホームページのある場所、住所のこと。

最初は会社概要だ。目次の『募集』をクリックすると、いくつか募集内容が載っているページに移った。しかし見ていてもどれが問題の年齢制限のない募集なのか分からない。どれも外資系の会社ばかりだ。募集のページの一番下には『登録』と『ホームへ』というボタンがある。『登録』するつもりはないので『ホームへ』をクリックし、閉じた。

閉じてからしばらくの間、けっこう胸がドキドキしていた。インターネットに繋ぐことができると、人生にかかわる一大事である職探しもできるし、今の生活と全く別の世界が広がるというのはこういうことなのかと実感したが、昼過ぎから始めてすでに5時が過ぎていた。

随分と長い時間つないでいたので、けっこう電話料金は掛かっているはずだ。小波の家ではほとんど通話料がかからない生活が続いていたので、この調子でインターネットにつないでいると、次回のＮＴＴの請求書はすっかり様変りして困ったことになりそう、と思いつつ夕食の準備にとりかかった。

翌朝、今度は話題になっているオンラインショッピングというものも見てみようと思いたち、パソコンを起ち上げたが、インターネットエキスプロー

●オンラインショッピング
インターネット上での買い物のこと。ホームページに画像や値段が掲載されていて、さまざまな決済方法で買い物ができるようになっている。

ラより先にアウトルックエキスプレスをクリックし、メールチェックをしてみることにした。メールアドレスは繋いですぐに会社に通知し、梅咲さんや玉置さん達とメール交換をして使い方を覚えたが、それ以外の人からはまだ受け取っていなかった。ところが、今朝は初めての人物からメールが届いていた。

なんと、乾課長だ。

〔来週のグルインの打合せをしたいのですが、小波さん。明日来られますか？　何時が都合いいか、返事をメールでください〕

とあった。久しぶりに声がかかると、やっぱり心がはずむ。教えてもらったばかりのやり方で、「差出人へ」をクリックし、

〔午前中、ちょっと用があるので。午後からなら出社しますので何時でもかまいません。ここのところ仕事が少ないので忘れられていたかと思いましたが、課長のメールを見て安心しました
From小波〕

とすぐに返事のメールを出した。

翌日の打ち合せの後、クライアントとファックスのやり取りをして、グループインタビューの予定が確定した。来週の木金土の3日間だ。直前の準備もあるので水曜日にも出社しなければならない。仕事が決まると週4日出社が当り前になってしまう。当初は月72時間、つまり月9日の約束。毎月大幅に超過しているのだが、配偶者控除の枠内で給料が払われているので、残りはいつか暇なときに休みを取るということで、いわば会社に貸している状態だ。しかし、夏にかけて暇な時期になると2週間以上も会社から呼出がかからない。そうなると逆にすごく不安になり、一昨日のようについ就職活動の真似事がしてみたくなる。

中村社長にいいように利用されているような感じがどうしても拭いきれない時がある。同窓生をそんな風に考えてしまうのを、少し後ろめたく感じないわけでもないが、同時に、なんのキャリアもない主婦を雇ってくれていることを感謝すべきだとも思えたりもする。それでもやはり自分が損ばかりしているような気がする。

いつだったか、梅咲さんはそんな思いをしている小波を「家庭夫人に対する日本の制度上の問題だから、中小企業の経営者はこの制度をいかにうまく利用していくか視野に入れていないとやっていけない面もあるけど。結果的にはパートの人に怨まれるのはいつも社長だね」とやんわりとたしなめたことがあるけれど、とにかくいつも心がゆれている。

●

柾部長が「自宅でやりとりしている自分の個人メールを、会社でも同じアドレスで利用できるように設定するのは簡単ですよ」と常々みんなに言っていたのを小波は覚えていた。久しぶりに出たオフィスに着くと、早速設定をお願いしにデスクに向かった。

「私も、ついに自宅でメールアドレスを取得したんですが、会社でも使えるようにしていただけるとうれしいのですが」

「そうでしたね。仕事の連絡が楽になりますよ。もう使いこなせてますか?」

「いや、まだホームページを見たりするだけで使いこなすのはまだまだです」

「そう。会社の電話回線の契約は一定料金になっているので、なれるまでは会社で練習した方がいいでしょう。自宅でインターネットやメールにはまると、とんでもない電話代になりますよ。お給料の件でいろいろとご迷惑かけているから、そのくらいはお返ししないとね」とすぐにとりかかってくれる。


柾部長は、どちらかと言えば優しい感じの人なのだが、小波にはどうも怖い印象がある。部長という役職のせいもあるのだが、年齢は40前で、考えてみると年齢的には自分より娘に近い。実は初めてこの会社に来た日、仕事の内容を教えてくれたのが柾部長なのだが、そのとき「機密保持契約書」にサインをした。これは仕事上知り得たクライアントに関する情報を(自分の家族も含め)外部には一切もらさない旨を誓約したもの。この契約書の説明を受けているとき、柾部長のおとなしそうな笑顔の影に、産業スパイが暗躍し決して表沙汰にできないお金が動く世界で、一歩間違えば海外に高飛び、というような第一印象というかイメージを小波は勝手に作り上げてしまった。初日だったので自分がとんでもなく場違いなところにきてしまったのではないかという不安があったせいではあるが、今でもたまに海外から柾部長あてにファックスが届いたりすると、バンコックの暗黒街とかカリブ海あたりのタックスヘブンのトンネル会社から送られてきているのではないかという気がしてしまう。

その柾部長はこのところ忙しい合間を縫って会社のホームページ作成に掛かりきりになっている。渡辺くんの説では、緊急にホームページを開設しなければならない事情は特にないのだが、名刺に会社のホームページのＵＲＬが記されてないと、何となく時代に乗り遅れている印象をクライアントに与えるのではないかと柾部長は危惧しているらしい。そんな忙しい合間を縫っての早急な対応である。柾部長は、

「会社でメール受取って、自宅でも見たかったら自分宛てに送信しておくと自宅でも開けますよ。それと、アドレスの登録は自分で打つとめんどいので、相手からメールをもらうと自動登録できるのでその方がいいですよ」とか、

●タックスヘブン
課税逃れのためにぴったりのという意味。

「それにアドレスの打ち込みは、馴れないと全角と半角を間違えたりするし、電話でアドレスを聞くと「@」のマークを何て呼ぶのかわからなかったり、『_』はハイフンなのか『-』なのか、時には『~』みたいな特殊なマークがついていて、どうやって打ったらいいのか分からないアドレスもあるし。ドットが入っているのか入っていないのかも判断できない時があるんで、馴れるまでは相手からメールをもらうと確実でしょう。川野さんもメル友くらいは何人かいるんでしょう」などと、初心者のための解説までしてくれた。

ついこの間まではメモを取らないと覚えられなかったのに、6ヶ月も経つと柾部長の解説も何とか頭に残るようになっていた。柾部長からメル友くらいはいるんでしょう、と言われ、即座に返事はできなかったものの、年賀状にメールアドレスを書いてきていた友人は確かに数人いたと思いついた。ファックスで自分のアドレスを送信しておこうと考えた瞬間、本来こういうことこそメールでやりとりすればいいのにと苦笑する。

帰宅前に会社のアウトルックエキスプレスでメールチェックをしてみると、受信トレイが太字に変って、利恵からメールが届いていた。利恵というのは、

●「@」
アットマークという。

●「~」
皆よく「にょろ」といったりするが、実は「チルダ」という名前がある。

ご主人がコンピュータ関係の仕事をしていて、かなり前からホームページを開設していた同級生である。いつだったか操作を間違えて夫に殴られたと騒いでいた友人。

「ウワー！　すごい！」思わず小波は声をあげた。横にいた渡辺くんが覗き込んで、

「確かに、確かに」と言うので梅咲さんや乾課長、淡河くんまで集まってきた。

皆は「仕事のメールのやり取りではこんなメールをもらうことはないね」と面白がりながら、

「これはＨＴＭＬで作るんだろうな」

「アニメーションＧＩＦを貼り付けたんだろうね」

「このごろはメールソフトも凝ったものがいろいろ発売されているから」

「音が出るメールも多くなったらしいし」

「小波さんの同級生？　50過ぎの人でもここまで使いこなしている人がいるんですね」

「最新のソフトを装備していないと、こんなメールもらったら開けなくて迷

●ＨＴＭＬ
簡単なプログラム言語で、ホームページを作るときは、この言語を用いる。文章を打ち込むことができるアプリケーションがあれば、簡単なホームページの原料を作ることができるわけである。

●アニメーションＧＩＦ
ＧＩＦは「ジフ」と発音する。ホームページなどで写真以外の画像などはたいていこのＧＩＦという画像形式。アニメーションという言葉が頭についているように、ホームページで動画を扱うときに使用される形式のこと。

惑する人もいるでしょうね」などとてんでに話し始めた。

文章の隙間を犬のイラストがしっぽを振りつつ歩いていて、歩いた後には足跡がついて回る、という動画付きメールで、しかもカラー。小波は本当に度肝を抜かれた思いだった。

「こんな技って、私にもできるんでしょうか」

「時間がたっぷりある人には簡単なことですよ」と渡辺くん。

「インターネットからもってくる方法もあるし、専門のソフトを買うともっといろんな技ができるはずでしょ」と梅咲さん。

「しかし、仕事のメールでここまでは必要ないでしょう」と乾課長。

小波はｉＭａｃを存分に使いこなすことができる日はいつのことかとパソコンの奥の深さに驚嘆し、明日からの仕事の手伝いがちょっと疎ましく思え始めた。すかさず、乾課長が見透かすように言った。

「小波さん、仕事優先にしてくださいよ。暇な時にいろいろ研究してくださいよ」

「もちろんですよ」と小波は答えたものの、ｉＭａｃにしばらくは取りつかれそうな予感がした。

翌日も、来週のグルインの準備が始まるので午後から出社すると、中村社長が、待ちかまえていたかのように小波に内線をかけてきた。

「川野さん、今日の巨人阪神戦の東京ドームのチケットが2枚あるけど、ご主人と行きません？」

「私にいただけるんですか？」

「クライアントがシーズンチケットをお得意さん用に確保しているんだけど、今年は早々と巨人が優勝を決めたので、消化ゲームになったみたいなもんで、当社に回ってきたんですね。あいにく、今日はみんな仕事で行けないので、よかったらどうぞ」

「梅咲さんが熱烈な巨人ファンだから梅咲さんは絶対にいらっしゃるでしょう？」

「今日から、彼も出張に出るらしいんですよ。残念がっていましたけどね」

「本当に、よろしいんですか？」

早速中村社長のところへ行ってみると、忙しい割にはのんびりしたムードで、パソコン画面にはトランプが並んでいた。

「あれ！　それって…」

「フリーセルよ。いつもと別の頭の使い方をすると、気分転換になるから」

小波はここぞとばかりにフリーセルのやり方を聞いてみた。案外簡単なルールで、これで私も時々気分転換が進むわ、と内心胸のつかえがとれた思いがする。チケットももらって、こんな役得もあるのか、とまたまたここで働いていることの有形無形のメリットに思いが膨らむ。企業って、いろいろなのね。夫も会社でこういうことがあるのかしら。ふと、小波はチケットをもらったはいいけれど、夫の都合も考えていなかったことに気がついた。そして、次の瞬間、そういえば夫も会社でメールアドレスを持っていたことを思い出した。こういう時、Ｅメールなんかがちょうどいいのではないか。

席に戻ると、小波はパソコンを起ち上げながら夫の名刺をバッグから取り出し、アウトルックエキスプレスを起動して作成ボタンをクリックした。間違わないように一字一字確認しながら夫のアドレスを打ち込む。

件名はどうしよう。「お知らせ」ではつまらないし、「巨人戦行きましょう」

じゃ仕事中に迷惑かけそうだし。「緊急事態」ではびっくりするだろうな。迷ったあげく「アフター5のご予定は?」とした。

そして、本文への書き出しは…「ご主人様」? いやいや違う、恋愛時代のように「Dear Hiroshi」? 間違ってもこんな書き出し、今更書けない。長いこと夫に手紙らしきものなど書いたことがないことに気づき、世の奥様方は夫に手紙を書く時どうしているのだろうかと思い悩んだ。結局、先達にならって利恵がよく使うという書き出しを拝借することにした。

〜パパさんへ　お仕事中ごめんなさい。
本日の巨人阪神戦のチケット、会社で2枚プレゼントされたんですが時間取れますか? ご返事ください。
小波より〜

「送信」ボタンをクリック、送信トレイに移動した文章を開け、もう一度「送受信」ボタンをクリック。

送信が完了した時、淡河くんが

「小波さんのネットワークトレイに東京ドームの地図ファイルを入れときま

●ネットワークトレイ
ネットワークで結ばれているコンピュータそれぞれが持っているポスト、受け皿のこと。データの受け渡しをする場合、社員それぞれがここにデータを入れてもらうわけである。

した。ファイルの中の［index_ci.htm］を開けると東京ドームの周辺地図が入っていますからそれをブラウザで開いてください。それを参考にご主人との待ち合わせ場所を決めたら便利ですよ」と声をかけてきた。その後には、「小波さん、後楽園までの行き方は『駅スパート』っていうので見ておくと、所要時間までわかるから便利ですよ」と玉置さん。

行きたいはずの若い社員達が、仕事で行けないかわりに小波に懇切丁寧にアドバイスをしてくれるわけだが、皆パソコンを相当便利に使いこなしているな、とここでも小波は感心した。

3時頃メールをチェックすると、夫からの返事が届いていた。

〜to小波
了解。今日は予定なし。6時にドーム前の噴水の前で待つ。
携帯電話は忘れず携帯すること。うまく会えない時は電話で。
突然のEメール、ちょっと驚いたよ〜

味も素っ気もない返事だったが、夫は「小波」と名前で来たか、と妙に感心した。

●ブラウザ
ホームページを閲覧するためのソフトのこと。ここでは「インターネットエキスプローラ」のこと。他にも「ネットスケープナビゲータ」という標準的なブラウザがある。

●駅スパート
都内の電車等を使った所要時間、交通費などが出発駅と目的駅を打ち込むだけでたちまちわかってしまうソフト。インターネットでも利用することができる。

そういえば、夫と息子は巨人ファンで、二人で野球をよく観に行っていたので、後楽園の周辺はよく知っているのだろう。淡河くんがくれたマップを見ると、確かに噴水の周辺が一番わかりやすそうに思える。しかも携帯電話があれば多少ドジってもなんとか会えそう。待ち合わせの確認のために再度メールを送るのは止めにした。

夫とのデートは何年ぶりだろうかと思い返すが、思いだせない。結婚10年目と20年目に子供を実家に預けて二人で食事には出かけたことはあったし、夫の友人達との会食に二人で出かけることも度々あったが、いつも家から一緒に出かけるので待ち合わせする必要はなかった。最近では小夜子の結婚前後に二人で出かけることも多かったが、義務感の方が強く感慨も感動もなかった。

●

早目の帰り支度をして化粧室から戻ると、

「小波さん、いつもより化粧が濃いですよ。野球観戦に厚化粧は似合いませんよ」と渡辺くんが冷やかす。

社長にお礼の言葉をかけて小波は事務所を後にした。駅スパートでルートを調べたので、最短ルートで、もたつくこともなかった。マップの下見もしていたので、噴水もすぐにわかった。近づくと夫はすでに噴水の前で待っていた。小波を見つけると「ヤア！」と右手を挙げ、嬉しそうな笑顔で声をかけてきた。

この姿、20数年前と同じだ。思わず小波も笑みを返し、チケットを渡す。

「22番ゲートか、けっこういい席じゃないか」と足早にゲートに向かった。

「ここまでくると、ちょっとでも早く長嶋さんに会いたいよ」と言い、更に早足になる。小波は小走りに後ろをついていった。

スタンドに足を踏み入れると、眩しいほどの照明光と観客のどよめきに包まれた。グリーンの芝と赤茶色のマウンドが目に鮮やかだ。アナウンスが巨人のメンバーの紹介を始めている。東京ドームでの初めての野球観戦に、こんなに華やいだ気持ちを味わうのも初めてかもしれない。

「小波、いい会社に勤めたね。東京ドームは久しぶり。社長さんに何かお礼した方がいいかな」
「いいのよ、仕事での貸しがたくさんあるんだから」と笑いながら、いつだったか、中村社長と町田さんが話題にしていた「ディンクス・アゲイン」という言葉が、確かな実感をもって小波の脳裏に浮かんできていた。

（了）

あとがき

二十、三十代の頃、マーケティングの仕事は紙と鉛筆と電話があればできると言われた。
昭和六十三年、四十五歳でマーケティングリサーチを中心業務とする会社、株式会社アスペクツを設立した。これは今思えばパソコン時代前夜といったタイミングだった。ワープロはめずらしくなくなったが、パソコンといえばＮＥＣ98を「黒い画面」で動かすことであって、誰にでも使える代物ではなかった。

当時の私の仕事では、汚い手書き原稿は若いアルバイトにお願いすると翌日にはワープロ原稿に打ち上がり、パソコン業務が必要なときには外注すればこと足りていた。が、新しい会社ではワークスタイル面でも新しいことに挑戦しようということになり、当時一台三百万円もするドキュメント・ワークステーションを（なんと！）一人一台体制で配置することになった。もちろん私のデスクにも機械が持ち込まれた。確かに色々な意味で画期的なことだったし、若いスタートメンバー達は意気揚々としていたが、それまでワープロにも触ったことのない自分にとっては、悲壮の覚悟が要った。ああでもない、こうでもないと、悪戦苦闘しつつ、それでもなんとか使いこなしていたとは思う。

やがてこれらのリースが終了する頃、ちょうどバブル経済が弾けた。株式会社アスペクツも穏やかならざる日々が続いたが、この頃青天の霹靂が再び到来した。「時代はパソコン」だというのだ。会社発足時には最先端だったわがアスペクツのＯＡ環境は、ネットワークに対応できないワークステーションとともに時代遅れになっていたらしい。一難去ってまた一難。十分の一の投資で何倍もの機能がついているというパソコンに、新たな投資を決断しなければならなかった。

平成六年にマック、ウィンドウズ機を社員分買い揃え、ニフティと契約し、インターネットを体験。いわゆるＩＴ革命が押し寄せてきた。その後、ウィンドウズ95の登場により、世の中はウィンドウズ一色に塗り替えられた。文科系出身者ばかりの会社だというのに、社員達は瞬く間にパソコンの知識を深めていく。私は操作は何とか覚えたものの、新しいハードやソフトにまつわる会話には入れない。情けないが自分だけがいつも蚊帳の外。パソコンとの格闘は、私にとってはマーケティングの多々の課題よりも難題であり、操作ミス、メモリー不足、操作中になぜか電源が落ちるといった思わぬトラブル続出に、徹夜を何夜も強いられる日々が続いた。

平成に入っての十数年間は、大袈裟かもしれないがパソコンをはじめとする新機器との格闘の日々であった。こうしたパソコン時代黎明期に新機器類と格闘する様子は、数年先には笑い話にもならないほど滑稽な姿なのかもしれないが、右往左往したその姿は書き留めておきたいと思った。

こうした個人的な体験は、この時代、そしてこれから高齢期を迎えようとしている年代の人の、大げさに言えば宿命のような気もしている。「情報弱者」という言い方があるように、二十一世紀は「パソコンが使える／使えない」によって世の中との関わり方が大きく違ってくる、などと言われる時代である。年齢が高いこと自体が「情報弱者」への道だというのでは割が合わない。本書には五十代を過ぎた多くの方々に是非チャレンジしていただきたいという思いを込めたつもりだ。

五年前、団塊世代が高齢者になった時の市場を分析するための消費者座談会の席で、「これからは『ディンクス・アゲイン』よ！」とおっしゃったミセスがいらして、この発言がずっと頭から離れなかった。その後、いくつかの提案書の中でこの件《くだり》を使い続けている。高齢者市場という一括りで捉えるのではなく、人生の新しい段階を迎える団塊マーケットに向け、新しい価値観を創造して欲しい。その生活を満たす数々の新商品が生まれて欲しい。この世代が安心して生活できる街が生まれて欲しい。最近死語になりつつある【ディンクス】に【アゲイン】がついたのは、再び蘇って欲しいという願いが込められているから。この本が、初めてパソコンに向きあおうという方々に、勇気を差し上げられる書になれれば幸いである。

マーケティングの仕事は、常に依頼主の顔を思い浮かべながら報告書、提案書を書き続ける。いつしか、もっと多くの人に読んでもらうため、仕事と直接関係ないことも書いてみたいと思うようになり、一般書籍の上梓はささやかな夢となった。

株式会社アスペクツの設立十周年を迎えた平成十年、本のタイトルだけが決まって、それから書き上げるのに丸二年。多くの時間を浪費し、たくさんの方の手助けをいただき、出版にかかる経費をも含めると、はじめはささやかな夢だったものが、思いもよらぬ大きな道楽となってしまった。その間、社長の道楽に文句一つ言わなかったアスペクツ社員の方々、文句はおろか、資金援助を続けてくれた夫の理解なくしてこの本は生まれなかったと思う。今は感謝の気持ちでいっぱいである。

最後に、この本の完成を待たずに二〇〇〇年七月二十五日に永眠された(有)プランニング・プラザ・ウメダの梅田昭紀さんに、この本を捧げます。株式会社アスペクツ設立以来仕事を共にし、パソコンに関する指南役を引き受けてくださり、SOHOの先端を常に走っていらした彼に、非常に残念に思う気持ちと共に、追悼の意を込めて。

二〇〇〇年九月　安中みな

【著者プロフィール】

安中みな Mina Annaka

昭和42年マーケティングリサーチ会社に入社、昭和63年株式会社アスペクツを設立し、現在に至る。多数の消費財のマーケティングリサーチ、商品開発、新製品の市場導入にかかわる仕事に携わる。

ディンクス・アゲイン

2001年1月15日　初版第1刷発行

著　者　安《あん》中《なか》みな
発行者　瓜谷綱延
発行所　株式会社文芸社
〒112-0004　東京都文京区後楽2-23-12
電話　03-3814-1177（代表）
　　　03-3814-2455（営業）
振替　00190-8-728265
印刷所　株式会社フクイン

ISBN4-8355-1293-6 C0093